Wolfgang Hohlbein

Die Stadt der Verlorenen

Ueberreuter

Die Deutsche Bibliothek – CIP-Einheitsaufnahme

Hohlbein, Wolfgang:
Die Stadt der Verlorenen / Wolfgang Hohlbein. – Wien : Ueberreuter,
2002
(Reihe: Operation Nautilus)
ISBN 3-8000-2881-6

J 2550/1

Umschlagbild © Agentur Holl – Lösche
Umschlaggestaltung von Zembsch' Werkstatt, München

Druck: Ueberreuter Print
1 3 5 7 6 4 2

Ueberreuter im Internet: www.ueberreuter.de
Wolfgang Hohlbein bei Ueberreuter im Internet: www.hohlbein.com

Dieser Band erschien in veränderter Ausstattung bereits 1998
im Verlag Carl Ueberreuter

He! Du da! Du sollst nicht Maulaffen feilhalten, sondern arbeiten!«

Die Peitsche des Aufsehers pfiff so dicht über Mikes Rücken hinweg, dass er den Luftzug spüren konnte, und der Knall, mit dem die geflochtenen Lederbänder zurückschnalzten, ließ ihn erschrocken zusammenzucken und rasch wieder nach der Hacke greifen. Er hatte sie wirklich nur für einen Moment sinken lassen, um sich einmal zu recken und seine verspannten Muskeln zu dehnen, aber den aufmerksamen Blicken des Aufsehers entging nichts.

Dabei hatte Mike noch Glück gehabt. Der Mann war der am wenigsten schlimme der vier Sklaventreiber, die abwechselnd im Korallenbruch Dienst taten. Hätte ihn einer der drei anderen dabei erwischt, wie er seine Arbeit vernachlässigte, so hätte er die Peitsche wirklich zu schmecken bekommen. Es wäre nicht das erste Mal. Mikes Rücken schmerzte noch immer von den Hieben, die er vor ein paar Tagen wegen einer noch viel geringeren Verfehlung kassiert hatte ...

Mike fühlte den Blick des Aufsehers noch immer auf sich ruhen, verscheuchte jeden anderen Gedanken und beeilte sich schneller zu arbeiten. Wenn man in den Korallenbrüchen überleben wollte, war es vor allem wichtig nicht aufzufallen.

Seine Hacke fuhr in den Boden und löste große Brocken der harten, grünbeigen Korallenmasse, in die sich das Dutzend Arbeiter hineinwühlte wie ein Trupp großer, zweibeiniger Maulwürfe. Sie hatten vor zwei Wochen angefangen an dieser Stelle zu arbeiten – wobei eine Woche in der Strafkolonie aus zehn Tagen bestand, die sich wiederum aus zehn Stunden pausenloser Arbeit und nur fünf Stunden Schlaf zusammensetzten; und Mike hatte das sichere Gefühl, dass eine Stunde unter dem grünen Himmel Lemuras deutlich länger dauerte als die Zeitspanne, die er bisher unter diesem Begriff gekannt hatte.

Trotzdem hatten sie die Grube schon nahezu ausgebeutet. Zwischen den Korallenbrocken, die sie mit ihren Hacken aus dem Boden schlugen, fanden sich jetzt immer öfter Steine und Felstrümmer. Bald schon würden sie diese Stelle aufgeben und einen neuen Platz suchen müssen, um das kostbare Baumaterial zu schürfen; möglicherweise an einem noch unzugänglicheren Ort.

Oder einem gefährlicheren ...

Die Peitsche des Aufsehers war nicht die einzige Gefahr, die ihnen drohte. Und auch nicht die größte. Erst vor zwei Tagen war einer der Arbeiter von einer Raubkrabbe, die unversehens aus einem Spalt zwischen den Felsen herausgesprungen war, angegriffen und dabei so schwer verletzt worden, dass er wohl nicht überleben würde, und eine Woche zuvor hatte es in einer anderen Grube einen Wassereinbruch gegeben, dem man nur mit Mühe und Not hatte Herr werden können. Irgendwann, davon war Mike überzeugt, würde es einmal zu einem Wassereinbruch kommen, der zu schlimm war, um ihn stopfen zu können, und dann würde die ganze untere Ebene Lemuras im Meer versinken. Vielleicht sogar die ganze Stadt. Das war das Verrückte an dem, was sie taten: Es war notwendig für das Überleben der Stadt und zugleich war jedes Stück, das sie aus dem Boden gruben, ein sicherer Schritt zu ihrem Untergang. Manchmal schien es Mike, als müsse es einen anderen Weg geben den Fortbestand der Stadt zu sichern. Aber immer wenn er an diesem Punkt seines Überlegens angelangt war, begannen sich seine Gedanken zu verwirren.

Solche Überlegungen waren zu kompliziert für ihn. Und es war auch nicht seine Aufgabe, sich den Kopf über solcherlei Dinge zu zerbrechen. Er war ein einfacher Arbeiter, dessen Leben darin bestand, Korallen abzubauen, und seine Zeit in der Strafkolonie war vorbei. Wenn er sich keine weiteren Verfehlungen erlaubte, konnte er wieder in sein normales Leben zurückkehren – das sich allerdings nicht allzu sehr von dem unterschied, das er jetzt führte; allenfalls dass er einige Stunden weniger am Tag arbeiten musste und nicht mit Peitschenhieben bestraft wurde, wenn er sein Soll nicht erfüllte.

Auch das waren Gedanken, die manchmal wie zusammenhangslose und vollkommen absurde Bilder in seinem Kopf aufblitzten: Er hatte dann das Gefühl, nicht immer dieses Leben gelebt zu haben, sondern ein ... nun, *vollkommen anderes* eben. Ein Leben ohne die schwere Arbeit in den Korallenbrüchen, ohne Hunger und Schläge, ja selbst unter einem anderen Himmel; einem Himmel, der nicht immer gleich und von einem sanftgrünen Licht erfüllt war, sondern –

»Verdammt, Bursche, ich habe gesagt, du sollst arbeiten, nicht träumen!«

Die Peitsche traf seinen Rücken. Mike presste die Zähne zusammen. Der Schmerz war so heftig, dass ihm die Tränen in die Augen schossen, aber er verbiss sich jeden Laut und arbeitete sogar rascher.

Ein Stein kollerte vor seinen Füßen davon, dann noch einer, ohne dass seine Hacke ihn berührt hatte, und plötzlich flitzte etwas Schwarzes, Pelziges zwischen seinen Beinen hindurch.

Mike schrie erschrocken auf und ließ seine Hacke fallen und auch einige der anderen Arbeiter stießen erschrockene Laute aus und hielten in ihrem Tun inne. Sofort war der Aufseher heran und hob seine Peitsche. Aber er schlug nicht zu, sondern erstarrte ebenfalls mitten in der Bewegung, als er das sonderbare Tier sah, das Mike aufgescheucht hatte.

Es war nicht besonders groß – nicht einmal so groß wie eine Raubkrabbe –, sah aber vollkommen anders aus als jedes Tier, das Mike jemals zu Gesicht bekommen hatte. Es war pechschwarz und hatte langes, seidig glänzendes Fell. An den Enden der vier Pfoten, auf denen es sich bewegte, blitzten gefährlich aussehende Krallen, und obwohl sein Maul nicht sehr groß war, sahen die spitzen Zähne darin durchaus so aus, als könnten sie gehörigen Schaden anrichten. Spitze Ohren und ein buschiger Schwanz, der fast so lang wie der gesamte Körper war, vervollständigten den exotischen Eindruck. Das Wesen hatte nur ein einziges Auge, das andere war vernarbt, was ihm ein noch wilderes Aussehen verlieh.

Aber es war seltsam – obwohl Mike ganz sicher war, ein solches Geschöpf noch niemals zu Gesicht bekommen zu haben, hatte sein Anblick trotzdem etwas Vertrautes ...

»Was steht ihr da und glotzt?«, schrie der Wächter. »Fangt das Vieh ein!« Er selbst schwang unverzüglich seine Peitsche und schlug damit nach der Kreatur, die dem Hieb jedoch mit einer eleganten Bewegung auswich. Zwei, drei der anderen stürzten sich ebenfalls auf das Pelztier. Den meisten konnte es einfach zwischen den Händen hindurchschlüpfen, denn es entwickelte eine geradezu unglaubliche Schnelligkeit, und einem versetzte es einen Krallenhieb, der blutige Kratzer auf seiner Hand hinterließ.

»Packt das Biest!«, schrie der Aufseher. Er schlug wieder mit seiner Peitsche zu, doch das Felltier wich dem Hieb im letzten Moment aus und die Lederschnur traf einen der Arbeiter, der heulend zu Boden ging. Zwei weitere knallten heftig mit den Köpfen zusammen, als sie sich gleichzeitig nach dem Tier bückten, das ihnen aber geschickt zwischen den Fingern hindurchschlüpfte und mit einem unerwartet kraftvollen Satz direkt im Gesicht des Aufsehers landete, das es unverzüglich mit seinen Krallen zu bearbeiten begann. Der Aufseher kreischte vor Schmerz und Wut und ließ seine Peitsche fallen und einer der Arbeiter sprang hinzu und schlug mit der Faust nach dem Felltier. Das einäugige Geschöpf schien die Gefahr jedoch zu spüren, denn es ließ sich im letzten Moment einfach fallen und die geballte Faust des Arbeiters landete schwungvoll auf der Nase des Sklaventreibers. Der Mann heulte schrill auf, prallte zurück und schlug beide Hände vor das Gesicht. Seine Nase begann heftig zu bluten.

Indessen ging die Jagd fröhlich weiter. Außer Mike beteiligten sich mittlerweile alle Arbeiter daran und schließlich hatten es die Männer doch in die Enge getrieben und bildeten einen dicht geschlossenen Kreis, in dessen Mitte sich der fauchende Dämon aufhielt. Einige hatten ihre Hacken und Schaufeln gehoben, um das Geschöpf damit zu bedrohen, es sich aber gleichzeitig auch damit vom Leibe zu halten, und niemand wagte es noch einmal nach ihm zu greifen.

»Ihr sollt das Vieh packen!«, schrie der Aufseher, der inzwischen wieder auf die Beine gekommen war. »Und bringt es mir lebendig!« Seine Stimme war schrill vor Wut, klang aber zugleich auch fast komisch – was daran liegen mochte, dass seine Nase mittlerweile unförmig angeschwollen war und immer heftiger blutete. »Na los, oder ihr bekommt alle die Peitsche zu spüren!«

Diese Drohung wirkte. Gleich drei Männer stürzten sich auf das Felltier. Den ersten empfing es mit zwei, drei blitzschnellen Tatzenhieben, die ihn keuchend zurückspringen ließen, und der zweite verfehlte es, verlor die Balance und landete mit dem Gesicht voran in den Korallen. Der dritte aber bekam es zu fassen. Sofort vergrub das Felltier die Zähne in seiner Hand. Er schrie vor Schmerz, ließ aber trotzdem nicht los, sondern packte das Geschöpf nun auch noch mit der anderen Hand im Nacken und riss es in die Höhe. Es fauchte und schlug mit allen vier Pfoten um sich, war aber hilflos. Für einen Moment sah es aus seinem einzelnen, gelben Auge direkt auf Mike.

Und etwas durch und durch Unheimliches geschah: Mike hörte das Tier sprechen!

Es waren nicht wirklich Worte. Er hörte die Stimme direkt in seinem Kopf: *Verdammt noch mal, Blödmann! Hättest du vielleicht die Güte, mir zu helfen?! Dieser grobe Kerl bricht mir ja glatt das Genick!*

Mike konnte nicht anders. Er war viel zu entsetzt über das, was er erlebte, als dass er auch nur einen klaren Gedanken fassen konnte, und so reagierte er einfach ohne nachzudenken: Blitzschnell warf er sich auf den Mann, der das Felltier gepackt hatte, und schlug ihm die geballte Faust auf das Handgelenk. Der Arbeiter ließ das Geschöpf mit einem überraschten Keuchen fallen. Elegant drehte es sich in der Luft, kam auf allen vier Pfoten auf und flitzte im Zickzack zwischen den Beinen der Männer hindurch. Nur einen Moment später hatte es den Rand der Grube erreicht und war mit einem Satz darüber verschwunden.

Darüber reden wir noch, mein Lieber!, erklang die Stimme in Mikes Kopf.

Mike starrte dem schwarzen Felltier fassungslos nach. Es fiel ihm schwer, zu glauben, was er gerade erlebt hatte; und noch schwerer, zu glauben, was er gerade getan hatte!

Aber es musste wohl so sein, denn nicht nur der Mann, dem er das Felltier aus den Händen geschlagen hatte, starrte ihn ungläubig an. Auch alle anderen blickten zum Teil verblüfft, zum Teil aber auch wütend in seine Richtung und der Aufseher brüllte mit überschnappender Stimme: »Du! Was ist in dich gefahren, Kerl? Was fällt dir ein?!«

»Ich ... ich musste es tun!«, stammelte Mike.

»Was sagst du da?« Die Augen des Aufsehers wurden schmal.

»Es ist die Wahrheit«, verteidigte sich Mike. »Ich konnte nicht anders, wirklich! Es hat es mir befohlen!«

»Es?«, wiederholte der Aufseher lauernd. »Wer – es?«

»Das Felltier«, antwortete Mike. Er hatte das Gefühl, dass das keine besonders kluge Antwort war. Eine Sekunde lang starrte ihn der Aufseher auch nur fassungslos an – dann holte er aus und schlug ihm so heftig ins Gesicht, dass Mike auf der Stelle das Bewusstsein verlor.

Er erwachte mit furchtbaren Kopfschmerzen, dem Geschmack von Blut auf der Zunge und in Ketten. Trotzdem spürte er sofort, dass er gebunden war; vielleicht weil er längst nicht zum ersten Mal mit Ketten an Händen und Füßen erwachte oder auch einschlief. Zum Leben in der Strafkolonie Lemuras gehörte das praktisch dazu.

Was nicht immer dazugehörte, das war der Anblick eines pelzigen runden Gesichts, das sich unmittelbar vor dem seinen befand und ihn aus einem einzelnen, bernsteingelben Auge anstarrte.

Mike fuhr mit einem keuchenden Schrei in die Höhe und sank gleich darauf mit einem zweiten Schrei wieder zurück, denn er war nicht nur in Ketten, sondern diese Ketten waren zusätzlich an einem schweren Eisenring im Boden angebracht, sodass er mit einem harten Ruck zurückgerissen wurde.

Er bemerkte den Schmerz kaum, sondern starrte das Pelztier vor sich aus hervorquellenden Augen und mit klopfendem Herzen an und einen Moment später erklang hinter seiner Stirn eine Stimme:

Wenn du noch ein bisschen lauter schreist, bekommen wir bald Besuch.

Es war dieselbe spöttische Stimme, die er schon einmal gehört hatte. Und diesmal konnte er sich nicht einreden, sie sich nur eingebildet zu haben.

»Was ...«, keuchte er. »Wer bist du? Was willst du von mir?!«

Nicht so laut!, sagte die Stimme in seinem Kopf noch einmal. *Wieso schreist du hier so rum? Willst du unbedingt die Wachen alarmieren?*

»Du sprichst mit mir?«, sagte Mike verstört – zwar leiser, für den Geschmack des Felltiers aber offensichtlich immer noch zu laut, denn es brachte das Kunststück fertig, sein pelziges Gesicht zu einer fast menschlich wirkenden Grimasse zu verziehen.

Verdammt noch mal, du sollst nicht so schreien! Draußen steht eine Wache! Du musst nicht laut reden. Es reicht vollkommen, wenn du nur denkst!

»Nur ... denken?«, murmelte Mike. »Du ... du meinst, du kannst meine Gedanken lesen?«

Jeder in ganz Lemura kann sie hören, wenn du noch ein bisschen lauter wirst, flüsterte die spöttische Stimme hinter seinen Schläfen. *Hast du denn alles vergessen, um Gottes willen?*

»Vergessen? Aber ... aber was denn?«, flüsterte Mike.

Diesmal hörte er etwas wie ein gedankliches Seufzen.

Ja, du hast alles vergessen. Na, das kann ja heiter werden. Da suche ich monatelang nach dir und dann finde ich einen halb toten Dummkopf, der weniger Grips als eine Mohrrübe in der Birne hat. Was haben sie mit dir gemacht? Dir auch noch das letzte bisschen Verstand aus der Rübe geprügelt?

Vielleicht stimmte das sogar. Mike war nämlich gar nicht sicher, ob er das alles wirklich erlebte oder ob er vielleicht im Fieber dalag und fantasierte. Nicht nur dass er sich Auge in Auge mit einem Geschöpf sah, von dem in ganz Lemura noch nie jemand gehört hatte – dieses Wesen sprach auch noch mit ihm! Das war vollkommen unmöglich!

Ich dachte, das hätten wir schon seit ein paar Jahren hinter uns, seufzte das Felltier. *So, und jetzt reiß mal deine letzten fünf Gehirnzellen zusammen und hör mir genau zu. Wir haben nämlich eine Menge zu besprechen und nicht sehr viel Zeit. Ich würde dich ja befreien, auch wenn du es bestimmt nicht verdient hast, aber ich fürchte, ich kriege die Ketten nicht auf.*

Es war seltsam: So unglaublich Mike die Situation auch vorkam ... Irgendwie hatte sie trotzdem etwas Vertrautes. Und er hatte nicht die Spur von Angst vor diesem Geschöpf und das war eigentlich das Seltsamste überhaupt, denn wenn man auf der untersten Ebene Lemuras eines lernte, dann allem Unbekannten zu misstrauen und lieber einmal zu oft Angst zu haben als einmal zu wenig. Wenn man gegen diesen ehernen Grundsatz verstieß, lebte man hier nicht lange.

Stell dir vor, das habe ich auch schon gemerkt, spöttelte die lautlose Stimme in seinem Kopf. *Ich wäre ein Dutzend Mal fast gefressen worden, während ich dich gesucht habe. Ich schätze, wir haben da ein kleines Problem. Was zum Teufel haben sie bloß mit dir gemacht?*

»Gemacht?«, murmelte Mike. »Ich verstehe nicht, wovon du überhaupt redest.«

Stell dir vor, das glaube ich dir auf Anhieb, höhnte das Felltier. *Also los, jetzt lass uns mal überlegen, wie wir deine Ketten abkriegen.*

»Meine Ketten?«, wunderte sich Mike. »Du meinst, du ... du willst mir helfen?«

Auch wenn du es nicht verdient hast.

»Aber warum?«, fragte Mike. »Ich meine ... auch ohne Ketten – wo sollte ich denn hin?«

Na, weg von hier, Dummkopf!, sagte das Felltier.

»Weg? Du meinst weg von dieser Ebene?« Mike schüttelte verwirrt den Kopf. »Und dann?«

In dem runden Pelzgesicht war tatsächlich ein Ausdruck von Fassungslosigkeit zu sehen. Hätte das Felltier *zwei* Augen besessen, Mike war sicher, es hätte sie verdreht. *Au weia,* seufzte es. *Ich fürchte, da hilft nur noch eines. Ich hoffe bloß, meine Kraft reicht aus. Und unsere Zeit.*

Es bewegte sich ein paar Schritte rückwärts und wandte den Kopf nach rechts und links, wie um sich zu überzeugen, dass sie auch wirklich allein und ungestört waren. Was hatte es vor?

Sieh mich an!, befahl die Stimme in seinem Kopf.

Das wollte Mike nicht. Aus irgendeinem Grund wusste er zwar mit unerschütterlicher Sicherheit, dass er dem Felltier vorbehaltlos vertrauen konnte, aber trotzdem hatte er ziemlich große Angst vor dem, was das Geschöpf vorhatte.

Aber er hatte keine Wahl. Die lautlose Stimme verlangte erneut, dass er das Felltier ansehen sollte, und plötzlich war sie von einer solchen zwingenden Macht erfüllt, dass er ihr einfach nicht widerstehen konnte. Das einzige, gelbe Auge des

Geschöpfes schien plötzlich riesengroß zu werden, füllte sein gesamtes Sichtfeld aus und ...

Mit dem ersten Licht des neuen Tages kehrten sie auf die NAUTILUS zurück. Sie konnten den Weg beinahe trockenen Fußes hinter sich bringen, denn die Ebbe hatte ihren tiefsten Stand erreicht, sodass das Schiff nun nahezu zur Hälfte aus dem Wasser herausragte und in deutlicher Schräglage auf dem Strand lag.

Die beiden Atlanter hatten kein einziges Wort der Erklärung mehr von sich gegeben und auch Argos hatte sich in Schweigen gehüllt und war ihnen allen ausgewichen, so gut es ging. Der dritte Mann, den sie aus dem gesunkenen Frachtschiff geborgen hatten, blieb auf der Insel zurück. Argos' Kräfte hatten entweder nicht mehr ausgereicht, auch ihn aus seinem ewigen Schlaf zu wecken, oder sie waren in diesem Fall zu spät gekommen.

Tarras und Vargan jedoch schienen allemal auszureichen, nicht nur Argos, sondern die gesamte Besatzung der NAUTILUS in Schach zu halten. Es war nicht das erste Mal, dass sie in einer gefährlichen Situation waren; nicht einmal das erste Mal, dass sie sich mit Männern konfrontiert sahen, die bewaffnet waren und auch durchaus bereit, von diesen Waffen Gebrauch zu machen. Und so hatte sich Mike in den ersten Minuten noch der schwachen Hoffnung hingegeben, dass es schon einen passenden Moment geben würde, um die beiden Atlanter zu überwältigen, ohne Serena dadurch in zu große Gefahr zu bringen. Aber dieser Moment kam nicht. Die Atlanter waren entweder ausgebildete Soldaten oder sie hatten einige Erfahrung mit

Situationen wie dieser, denn sie ließen ihnen nicht einmal die geringste Chance, einen Befreiungsversuch zu starten.

Eine halbe Stunde, nachdem die Sonne aufgegangen war, fanden sie sich alle im Salon der NAUTILUS wieder. An ihrer Lage hatte sich nicht viel geändert. Tarras deutete zwar jetzt nicht mehr direkt mit seiner Waffe auf Serena, aber sein Kumpan und er standen hinter dem Steuerpult und hielten Serena als lebenden Schutzschild vor sich, während Mike und die anderen am entgegengesetzten Ende des großen Raumes Aufstellung nehmen mussten.

Argos hatte sich auf die Bank unter dem Fenster gesetzt und starrte ins Leere. Der betroffene Ausdruck war nicht aus seinem Gesicht gewichen. Aber Mike empfand zumindest in diesem Moment noch keine Spur von Mitleid mit ihm.

»Das also ist die sagenumwobene NAUTILUS«, sagte Tarras, nachdem er sich eine Weile in dem Salon umgesehen hatte. Er hatte die Pistole unter den Gürtel geschoben, hielt die rechte Hand aber immer griffbereit in ihrer Nähe, sodass nicht die geringste Chance bestand, ihn zu überwältigen, bevor er sie ziehen konnte. Er warf einen weiteren nachdenklichen Blick in die Runde und schüttelte dann den Kopf. »Ich hätte sie mir etwas besser in Schuss vorgestellt. Andererseits ... wenn man bedenkt, wie alt sie ist.«

»Sie ist in diesen Zustand geraten, weil wir diesen verräterischen Mistkerl da retten wollten«, grollte Mike mit einer Geste auf Argos.

Tarras lächelte. »Das ist sehr nobel von euch, mein Junge. Aber keine Sorge. Wenn wir erst einmal zu Hause sind und ein *wenig Zeit und Arbeit investiert haben, dann sieht sie wieder aus wie neu.«*

»Ist es das, was Sie wollen?«, fragte Trautman. »Nach Hause?«

Tarras nickte. »Was sonst?«

»Dann ist es nicht nötig, dass Sie uns mit Gewalt dazu zwingen«, sagte Mike. »Lassen Sie Serena frei und ich verspreche Ihnen, dass wir Sie hinbringen, wo immer Sie wollen.«

»Und dieses Wort gilt auch für uns andere«, fügte Trautman hinzu. »Ich kann Sie verstehen. Wahrscheinlich haben Sie zu viel mitgemacht, um noch irgendein Risiko eingehen zu wollen, aber ich gebe Ihnen mein Ehrenwort als Kapitän dieses Schiffes, dass wir Sie zu Ihrem Ziel bringen.«

»Wie gesagt: sehr nobel«, sagte Tarras kühl. »Leider kann ich das Risiko nicht eingehen, mich auf Ihr Ehrenwort zu verlassen, Trautman, oder das irgendeines anderen.«

»Können Sie unsere Gedanken lesen?«, fragte Mike. »So wie Argos?«

Tarras schüttelte den Kopf. »Nein, ich fürchte, diesen Trick beherrscht nur er.«

»Dann fragen Sie ihn«, fuhr Mike fort. »Er wird Ihnen bestätigen, dass wir die Wahrheit sagen. Unser Ehrenwort gilt, ganz egal, wem wir es geben und unter welchen Umständen.«

»Das ist wahr«, sagte Argos leise. »Sie hatten mehrmals die Möglichkeit mich einfach im Stich zu lassen. Sie haben es nicht getan. Selbst als ich sie verraten habe, haben sie mir weiter geholfen um ihr Wort zu halten.«

»Das spielt keine Rolle«, antwortete Tarras. »Wir werden Vor-

räte und Wasser aufnehmen, falls das nötig ist, und dann in See stechen. So schnell wie möglich.«

»Aber nicht mit unserer Hilfe«, sagte Ben trotzig. »Nehmen Sie unser Angebot an oder versuchen Sie doch allein das Schiff zu lenken. Sie werden sehen, wie weit Sie kommen.«

Tarras seufzte. »Ich könnte dich so leicht zwingen zu tun, was ich will, mein Junge«, sagte er. »Aber wozu? Du hast es ja selbst gesagt: Wir werden das Schiff alleine steuern.«

»Das können Sie gar nicht!«, versetzte Ben patzig.

»Ich fürchte, er kann es«, sagte Argos. Er lächelte traurig. »Vergiss nicht, dass dieses Schiff dort gebaut worden ist, wo wir herkommen. Seine Bedienung ist uns nicht fremd.«

»Richtig«, fügte Tarras hinzu. An Ben gewandt fuhr er fort: »Und jetzt solltest du dein vorlautes Mundwerk halten, mein Junge, bevor ich auf die Idee komme, dich allein hier auf der Insel zurückzulassen. Wie Argos ganz richtig gesagt hat: Wir brauchen euch nicht, um das Schiff zu steuern.«

»Ich habe ihnen mein Wort gegeben, sie freizulassen, sobald wir zu Hause sind«, sagte Argos, doch Tarras wischte auch diese Worte mit einer fast beiläufigen Bewegung zur Seite. »Dein Wort, du sagst es.«

Er überlegte einen Moment, dann wandte er sich mit einer Frage an Trautman: »Hat jeder von euch hier an Bord eine eigene Kabine?« Trautman nickte.

»Gut«, sagte Tarras. »Dann werdet ihr jetzt Wasser und Nahrungsmittel für drei Tage zusammenpacken und in eure Kabinen gehen. Einzeln und nacheinander. Vargan begleitet euch, während ich auf unser Prinzesschen Acht gebe.«

»Was haben Sie vor?«, fragte Mike aufgebracht. Er machte einen Schritt auf Tarras zu, blieb aber wieder stehen, als ihn ein Blick aus den eisigen Augen des Atlanters traf.

»Ich will nur sichergehen, dass sie keine Dummheiten macht«, sagte Tarras. »Immerhin haben wir eine ganze Schiffsbesatzung voller junger Helden hier, nicht wahr? Und die könnten etwas Unüberlegtes tun. Etwas, das Serena in Gefahr brächte. Und das wollen wir doch nicht, oder?«

Mike presste wütend die Lippen zusammen, aber er konnte nichts anderes tun als hilflos die Fäuste zu ballen und wieder in die Reihe der anderen zurückzutreten.

»Sie wollen uns drei Tage lang einsperren?«, vergewisserte sich Trautman.

»Sie können auch gerne hier auf der Insel zurückbleiben«, antwortete Tarras. »Ich bin sicher, dass Sie nicht sehr lange allein sein werden. Unsere wortkargen Freunde sind bestimmt noch in der Nähe – und ich würde mich nicht darauf verlassen, dass sie ihren Fehlschlag mit einem Schulterzucken hinnehmen und einfach wieder gehen.«

»Davon abgesehen liegt diese Insel weitab von allen bekannten Schiffsrouten«, fügte Argos hinzu. »Es könnte sein, dass ihr nie gefunden werdet. Ihr könnt Tarras vertrauen und ihr habt mein Wort, dass ihr frei seid und hingehen könnt, wohin ihr wollt, sobald wir unser Ziel erreicht haben.«

Trautman antwortete nicht darauf, doch der Blick, den er Argos zuwarf, machte klar, was er von dessen Wort hielt.

Genau so, wie der Atlanter gesagt hatte, kam es. Sein Kamerad begleitete sie einen nach dem anderen in ihre Kabinen. Ben versuchte als Einziger sich zu wehren, hatte aber natürlich gegen den starken Mann keine Chance. Als Allerletzter erst kam Mike an die Reihe. Auch er widersetzte sich nicht, aber er war tief enttäuscht. Er hatte gehofft, dass er sich wenigstens noch von Serena verabschieden durfte, aber Tarras schien solch romantischen Gedanken gegenüber völlig unempfänglich zu sein. Mikes entsprechende Bitte beantwortete er nur mit einer ungeduldigen Geste, sodass Mike sich schließlich zornig umwandte und vor dem Atlanter den Gang hinunterging.

Vargan führte ihn zu seiner Kabine und stieß ihn unsanft hinein. Als er die Tür schließen wollte, erklang jedoch draußen Argos' Stimme und der Atlanter hob noch einmal den Blick.

»Warte noch einen Moment«, bat Argos. »Ich will noch einmal mit ihm reden.«

Vargan zögerte. »Tarras wird das nicht gerne sehen«, sagte er.

»Du musst es ihm ja nicht verraten«, antwortete Argos scharf. Ohne ein weiteres Wort trat er hinter Vargan in Mikes Kabine und der Atlanter schloss die Tür hinter ihm und verriegelte sie.

Mike starrte Argos an. Hinter seiner Stirn kreisten die Gedanken wie wild. Er war hin und her gerissen zwischen Wut, Verzweiflung und Trauer, Enttäuschung und anderen Gefühlen, die er gar nicht genau beschreiben konnte. Aber das Einzige, was er hervorbrachte, war das gestammelte: »Warum?«

»Ich hatte keine andere Wahl, Mike«, antwortete Argos. Er hatte immer noch nicht die Kraft, seinem Blick standzuhalten, und starrte irgendwo auf den Boden zwischen ihnen. Seine

Stimme war sehr leise und sehr traurig, fast nur ein Flüstern, das um Vergebung bat. »Ich verlange nicht, dass du mir glaubst, aber es ist die Wahrheit. Ich wollte nicht, dass es so kommt.«

»Und Sie hätten es auch nicht getan, wenn Sie gewusst hätten, dass es so kommt, nicht wahr?«, fragte Mike höhnisch.

Argos fuhr unter seinen Worten zusammen wie unter einem Hieb. »Doch«, sagte er nach kurzem Schweigen. »Es geht um viel mehr, als du dir vorstellen kannst. Mein eigenes Leben spielt dabei keine Rolle und auch nicht das der beiden anderen.«

»So wenig wie unsere?«, schnappte Mike.

»Ich kann deine Bitterkeit gut verstehen«, murmelte Argos. »Ich will nicht, dass du mir verzeihst. Aber du wirst mich verstehen, wenn wir erst einmal angekommen sind.«

»Wer sind diese Männer?«, fragte Mike. »Stammen sie wirklich aus Atlantis oder sind sie einfach nur Lügner?«

»Wie ich?«, flüsterte Argos bitter. »Willst du das damit sagen?« Er schüttelte den Kopf. »Nein, es ist schon die Wahrheit. Wir ... stammen aus Atlantis. Jedenfalls in gewissem Sinn. Ich kann es dir jetzt nicht erklären, aber ich habe nur da gelogen, wo es nötig war.«

»Das scheint ziemlich oft gewesen zu sein.«

»... öfter als ich wollte«, gestand Argos.

»Aber warum haben Sie Serena vorgemacht, dass Sie ihr Vater wären?«, wollte Mike wissen. »Hat es Ihnen Spaß gemacht, sie zu quälen? Falsche Hoffnungen in ihr zu wecken?«

»Es war das Leichteste«, antwortete Argos. »Ich habe in ihren Gedanken gelesen und erkannt, dass es ihr größter Wunsch war, ihren Vater wieder zu sehen.« Er lächelte schmerzlich. »Ich sehe ihm nicht einmal ähnlich, weißt du? Aber es ist so viel Zeit vergangen und Serena hat sich so sehr gewünscht, ihn zu treffen, dass das wohl keine Rolle spielte.«

»O ja, und außerdem haben Sie natürlich alle Antworten auf alle Fragen, die sie stellen konnte, in ihren Gedanken gelesen«, sagte Mike bitter. »Wirklich eine Leistung. Bravo!« Er wartete vergeblich auf eine Antwort. Als er keine bekam, fuhr er fort: »Was geschieht jetzt mit uns? Wirklich, meine ich?«

»Nichts«, antwortete Argos. »Ich verspreche, dass ihr freigelassen werdet.«

»Warum sollte ich Ihnen das glauben?«, schnappte Mike. »Ihre Kameraden glauben unserem Ehrenwort ja auch nicht.«

»O doch, das tun sie«, behauptete Argos. »Sie wollen nur kein Risiko eingehen. Der Weg, der vor uns liegt, ist nicht sehr weit, aber gefährlich. Und von unserer Mission hängt so unendlich viel mehr ab, als du dir auch nur vorstellen kannst. Du und die anderen, ihr werdet in euren Kabinen bleiben. Es ist sicherer – für uns, aber auch für euch und für Serena.«

»Und was geschieht mit ihr?«, wollte Mike wissen.

»Nichts«, antwortete Argos. »Ich gebe dir mein Ehrenwort, dass ich ihr Leben verteidigen werde wie mein eigenes. Niemand wird ihr auch nur ein Haar krümmen.«

»Ach, und Sie glauben, das reicht?«, fragte Mike. »Sie haben ihr viel mehr angetan, als es diese beiden Verbrecher da oben jemals könnten, ist Ihnen das eigentlich klar?«

»Ja«, antwortete Argos. »Ich weiß das. Und es tut mir unendlich Leid. Bitte glaube mir. Könnte ich es ungeschehen machen, würde ich es tun. Aber das kann ich nicht.« Er seufzte. »Ich werde dich jetzt allein lassen. Wenn alles gut geht, komme ich vielleicht in drei Tagen schon wieder. Kann ich noch irgendetwas für dich tun?«

»Ja«, antwortete Mike. »Warten Sie, bis wir auf dreitausend Metern sind, und dann steigen Sie ohne Taucheranzug aus der Schleuse!«

Argos sah ihn nur noch einen Moment lang traurig an, dann schüttelte er den Kopf, lächelte bitter und klopfte an die Türe, damit sein Kamerad, der draußen Wache stand, ihn hinausließ.

Die drei Tage, von denen Tarras und Argos gesprochen hatten, vergingen quälend langsam. Mike blieb wie alle anderen während der gesamten Zeit in seiner Kabine eingesperrt und er wusste schon bald nicht mehr, ob es Tag oder Nacht war, ob er einmal oder zweimal geschlafen hatte und wie viel Zeit wirklich verstrich.

Die Maschinen arbeiteten ununterbrochen mit voller Kraft und der Rumpf dröhnte, knisterte und knirschte unentwegt. Einmal glaubte Mike sogar das explosionsartige Krachen von Nieten zu hören, die unter der gewaltigen Belastung des Wasserdrucks platzten. Sie mussten also sehr tief unter Wasser sein.

Schließlich ging seine endlose Gefangenschaft zu Ende. Wieder näherten sich Schritte vor der Tür. Mike, der auf dem Bett lag, hob den Kopf, machte sich aber nicht einmal mehr die Mühe aufzustehen. Er war der vergeblichen Hoffnung, freigelassen zu werden, in den letzten Stunden und Tagen einmal zu oft aufgesessen.

Diesmal jedoch war sie nicht vergeblich. Die Schritte hielten vor seiner Tür an, dann hörte er, wie der Riegel zurückgeschoben wurde und einen Augenblick später blickte Vargan zu ihm herein. Er hatte seine zerschlissene englische Seefahreruniform gegen eine der grauen Bordmonturen der NAUTILUS eingetauscht und trug nun ebenfalls eine Pistole im Gürtel. Ohne ein Wort zog er die Tür ganz auf und trat einen Schritt zurück. Mike folgte der unausgesprochenen Einladung, erhob sich langsam vom Bett und schlurfte an dem Atlanter vorbei auf den Gang.

Sie waren allein. Alle anderen Türen standen offen. So wie er der Letzte gewesen war, den sie eingesperrt hatten, war er nun auch der Letzte, den sie wieder freiließen. Auf Vargans Wink hin begann er in Richtung Salon zu gehen.

Seine Vermutung erwies sich als richtig. Außer ihm waren alle anderen bereits im Salon versammelt. Zu seiner großen Überraschung und noch größeren Freude erkannte er, dass die Atlanter selbst Serena freigelassen hatten. Sie saß neben Trautman und Singh auf der Couch am Kartentisch und ein erfreuter Ausdruck huschte über ihr Gesicht, als sie ihn erkannte.

Mike eilte los, schloss sie heftig und kurz in die Arme und wandte sich dann an Trautman: »Was ist passiert? Wo sind wir?«

Trautman hob nur die Schultern. »Ich weiß es nicht«, sagte er.

Mike sah zum Fenster. Die Irisblende vor dem gewaltigen Bullauge war geschlossen, sodass er nicht sehen konnte, was draußen war. Vermutlich hätte es ihm aber auch nichts genutzt, wäre sie geöffnet gewesen. Sie mussten unendlich tief unten im Meer sein, in einem Bereich ewiger Finsternis, den niemals ein Sonnenstrahl erreicht hatte.

Nach einigen weiteren Sekunden jedoch beantwortete

Argos seine Frage. Er stand zusammen mit den beiden anderen Atlantern am Steuerpult und bediente konzentriert die komplizierten Instrumente, die die NAUTILUS lenkten.

»Wir haben unser Ziel erreicht. Noch wenige Minuten und wir sind da.«

Wie zur Antwort darauf erzitterte die NAUTILUS sanft; es war nicht, als hätte etwas das Schiff getroffen, sondern mehr, als wäre es von einer großen, unendlich starken Hand ergriffen und ein Stück zur Seite gezogen worden. Vermutlich waren sie in eine unterseeische Strömung geraten.

»Wo sind wir?«, fragte Mike noch einmal.

Argos tauschte einen raschen Blick mit Tarras, den dieser nach einem unmerklichen Zögern mit einem Kopfnicken beantwortete. Der Atlanter betätigte einen Schalter und die riesige Irisblende begann sich summend auseinander zu schieben.

Das Erste, was Mike sah, als sich das Fenster geöffnet hatte, war eine geradezu unglaubliche Anzahl von Haien, die das Schiff in einem dichten Schwarm begleiteten. Nicht einer von ihnen schien kleiner als fünf oder sechs Meter zu sein und er erkannte allein auf den ersten Blick mindestens ein halbes Dutzend jener gigantischen Kolosse, denen sie schon einmal begegnet waren. Dazwischen aber glaubte er auch einige fast menschenähnlich aussehende Gestalten zu erkennen – auch die unheimlichen Haifischmenschen hatten die Verfolgung also noch nicht aufgegeben!

»Sie sind hartnäckig, nicht wahr?«, sagte Tarras lachend. »Aber leider auch ziemlich dumm. Ein paar von den großen

Fischen da draußen könnten dieses Schiff knacken wie eine Nussschale, aber das werden sie nicht tun, solange ihr an Bord seid.«

»So viel zu der Behauptung, dass Menschen Tieren ethisch überlegen wären«, sagte Mike hart.

In Tarras' Augen blitzte es wütend auf, doch nur für einen Moment, dann hatte er seine Selbstbeherrschung wieder gefunden und lachte. »Ich beginne mich langsam an deinen Humor zu gewöhnen, mein Junge«, sagte er. »Übertreibe es nur nicht, sonst komme ich nachher auf die Idee, dich bei mir zu behalten. Vielleicht als Hofnarren. Wo wir doch schon einen ...« Er lachte erneut, diesmal in Argos' Richtung. »... König haben.«

Mike sah aus den Augenwinkeln, wie Serena bei diesen Worten heftig zusammenfuhr. Ihre Augen begannen feucht zu schimmern. Fast ohne sein Zutun kroch seine Hand zu ihr und ergriff ihre Finger.

»Da!«, rief Chris plötzlich. »Was ist das?«

Aller Aufmerksamkeit wandte sich wieder dem Fenster zu. Die NAUTILUS hatte offensichtlich den Kurs geändert, denn nun glitt etwas ins Sichtfeld des Bullauges, das vorher nicht da gewesen war: Licht!

Es war ein mattes, dunkelgrün schimmerndes Licht, das in unterschiedlich großen Flecken direkt aus dem Meeresgrund unter ihnen zu dringen schien. An manchen Stellen waren es nur winzige, stecknadelkopfgroße Punkte, andernorts wieder große Bereiche, an denen der gesamte Meeresboden wie unter einem unheimlichen inneren Feuer zu glühen schien und *je weiter sich die NAUTILUS dem Phänomen näherte, desto klarer erkannte Mike seine Form.*

Es war eine Kuppel.

Ihre Größe war nicht zu schätzen, denn er wusste ja nicht, wie weit sie davon entfernt waren, aber sie musste ungeheuer groß sein; gigantisch genug, um eine ganze Stadt unter sich zu verbergen. Der allergrößte Teil der Oberfläche war verkrustet und mit wuchernden Tiefseegewächsen bedeckt, die auch das Licht erstickten, aber der Rest reichte allemal aus, um Mike erkennen zu lassen, wie riesig diese unterseeische Anlage war. Selbst die NAUTILUS wirkte wie ein Zwerg dagegen.

Hier und da erhoben sich weitere, zum Teil geisterhaft beleuchtete Umrisse aus der Kuppel. Türmchen, Auf- und Anbauten, die zwischen den Korallengewächsen und Pflanzen emporragten wie die Zinnen einer fantastischen Burg.

»Unglaublich«, flüsterte Juan. »Was ist das?«

Tarras lächelte nur, aber Serena sagte tonlos:

»Lemura.«

Und Mike fand sich unversehens in der Wirklichkeit wieder. Er war nicht mehr allein. Statt in ein einzelnes gelb glühendes Auge blickte er nun in ein Paar blutunterlaufene Augen, die ihn über eine zur Größe einer Kartoffel angeschwollene Nase hinweg anstarrten. Singh, Ben, Trautman, Argos und die anderen waren verschwunden, ebenso wie der Strand und die Palmen, und er war wieder in dem kleinen Verschlag in der unteren Ebene Lemuras, in dem man ihn angekettet hatte.

Im allerersten Moment wusste er allerdings überhaupt nicht,

wo er sich befand. Hinter seiner Stirn jagten sich die Gedanken, ohne irgendeinen Sinn zu ergeben. Bilder, Namen, Erinnerungen und Eindrücke purzelten wild durcheinander und alles schien sich immer schneller und schneller im Kreis zu drehen, bis ihm fast schwindelig davon wurde.

»Singh«, murmelte er. »Wo ist Singh? Und Serena?«

»Singh? Serena? Was redest du da für einen Unsinn, Bursche?« Der Aufseher versetzte ihm einen derben Stoß in die Rippen und wandte sich in verändertem Ton an jemanden, den Mike nicht sehen konnte: »Seht Ihr, Herr – wie ich es euch gesagt habe! Er redet wirres Zeug. Anscheinend hat die schwere Arbeit in der Korallengrube seinen Geist verwirrt. Ich sage ja immer, dass man keine Kinder hierher schicken soll! Das hier ist Arbeit für Männer!«

»Damit hast du wahrscheinlich sogar Recht«, sagte eine Stimme irgendwo im Halbdunkel hinter ihm. Dann trat eine sehr große, breitschultrige Gestalt neben ihn.

Mike erschrak bis ins Mark, als er die Kleidung des Mannes erblickte. Der Fremde trug kniehohe Stiefel, einen mit Metall verstärkten Lederrock und einen kupfernen Brustharnisch und an seiner Seite hing ein fast armlanges Schwert. Der wuchtige Helm, der eigentlich zu seiner Uniform gehörte, fehlte zwar, aber Mike wusste natürlich trotzdem, dass er einem Krieger gegenüberstand. Sofort bekam er es mit der Angst zu tun.

Mitglieder der Kriegerkaste gaben sich nie mit dem einfachen Volk ab und taten sie es doch, so bedeutete das fast immer Ärger; und nur zu oft den Tod.

»Trotzdem will ich hören, was er zu sagen hat«, fuhr der Krieger fort, nachdem er eine Zeit lang nachdenklich auf Mike herabgeblickt hatte. »Mach seine Fesseln los.«

»Aber Herr!«, protestierte der Wächter. »Davon rate ich euch dringend ab! Der Bursche ist nicht ganz klar im Kopf. Er behauptet, mit diesem pelzigen Ungeheuer gesprochen zu haben, und jetzt redet er mit Menschen, die gar nicht da sind und von denen noch nie jemand gehört hat! Singh und Trautman! Was das schon für Namen sind!«

»Das sind die Namen meiner ...«, begann Mike, sprach aber nicht weiter.

»Ja?«, fragte der Krieger, als Mike auch nach einer ganzen Weile keine Anstalten machte, weiterzureden.

»Ich ... ich weiß es nicht, Herr«, murmelte Mike. Ein eisiger Schauer lief über seinen Rücken. Seine Worte entsprachen der Wahrheit. Gerade noch hatte er gewusst, zu wem diese Namen gehörten, und plötzlich war es, als wäre ein gewaltiger, unsichtbarer Rechen durch seinen Kopf gefahren und hätte alles weggewischt. Er erinnerte sich noch immer an jede Kleinigkeit seines bizarren Traumes, aber diese Erinnerungen *bedeuteten* ihm nichts mehr. Es war ein unheimliches, Angst machendes Gefühl.

»Wie ich es sage, Herr«, sagte der Aufseher. »Der Bursche ist verrückt! Ihr verschwendet Eure Zeit mit ihm.«

»So, wie er aussieht, habt Ihr ihn wohl eher ein bisschen zu hart geschlagen«, sagte der Krieger zornig. »Muss ich euch wirklich noch einmal auffordern, ihn loszuketten?«

Für einen Moment blitzte es trotzig in den Augen des Wächters auf, aber dann senkte er voll Furcht den Blick. »Ja, Herr«, sagte er demütig. »Sofort.«

Während sich der Aufseher neben Mike auf die Knie niederließ, um seine Ketten zu öffnen, wandte sich der Krieger wieder an Mike. Er lächelte beruhigend.

»Sprich ruhig offen, Junge«, sagte er. »Niemand wird dir etwas tun, das verspreche ich dir.«

Mike hatte Mühe, überhaupt zu reden. Sein Kopf war noch immer voller Bilder, Namen, Gesichter, Worte und Begriffe, die sich immer mehr weigerten, irgendeinen Sinn zu ergeben. Singh. Ben. NAUTILUS ...

»NAUTILUS ...«, murmelte er. Das Wort bedeutete ihm nichts, aber zugleich spürte er auch, dass es für etwas von enormer Wichtigkeit stand.

Der Krieger jedenfalls, der sich gerade wieder umgedreht hatte, um etwas zu dem Aufseher zu sagen, fuhr plötzlich auf dem Absatz herum und starrte ihn aus weit aufgerissenen Augen an. »*Was* sagst du da?«

»Ich weiß nicht«, murmelte Mike. »Es ... ist mir einfach so eingefallen.«

»Hast du den Herrn nicht gehört, Kerl? Was fällt dir ein, ihm nicht zu antworten?!«

Er holte aus, um Mike zu schlagen, aber etwas vollkommen Unerwartetes, ja regelrecht Unerhörtes geschah: Der Krieger griff blitzschnell zu und packte das Handgelenk des Mannes mit solcher Kraft, dass Mike den Atem anhielt.

»Rühr den Jungen nicht an«, sagte er – leise, aber in einem so scharfen, drohenden Ton, dass es der Aufseher nicht einmal wagte, auch nur einen Schmerzlaut hervorzustoßen. Zitternd wartete er, bis der Krieger seine Hand losgelassen hatte, löste Mikes Ketten und zog sich hastig zurück.

»Also, Junge ... Mike«, fuhr der Krieger fort. »Versuch dich zu erinnern. Woher kennst du diese Worte?«

»Ich weiß nicht«, sagte Mike. Er wagte es nicht, aufzublicken. Sein Herz jagte. Einem Krieger die Antwort zu verweigern war unvorstellbar. Der Mann würde ihn zweifellos töten. Aber er wusste es einfach nicht!

Erstaunlicherweise schien seine Antwort den Krieger jedoch nicht wütend zu machen. Er seufzte nur ein wenig enttäuscht, richtete sich wieder auf und wandte sich an den Aufseher, der sich mittlerweile zitternd in die entfernteste Ecke des Raumes zurückgezogen hatte. »Du gibst mir gut auf den Jungen Acht«, sagte er. »Ich bin in wenigen Stunden zurück. Bis dahin gibst du ihm etwas Anständiges zum Essen; und sorge dafür, dass er sich wäscht. Er stinkt fast so sehr wie du. Bis ich zurück bin, darf er mit niemandem reden!«

»Ja, Herr«, sagte der Wächter demütig.

In den nächsten Stunden kam sich Mike vor wie im Paradies: Der Aufseher brachte ihm Wasser zum Waschen, saubere Kleider, die ihm zwar nicht ganz passten, aber trotzdem das Schönste waren, was er jemals besessen hatte, und das beste Essen, das ihm jemals untergekommen war. Der Mann sagte während der ganzen Zeit kein Wort, aber die Blicke, mit denen er Mike maß, waren von einer Mischung aus Zorn und Mitleid erfüllt – beides Gefühle, die Mike nur zu gut nachempfinden konnte.

Die Zeit verging, ohne dass der Krieger zurückkam. Draußen brach die Schlafenszeit an und auch damit stimmte etwas nicht. Mike hatte das Gefühl, einmal eine Schlafenszeit gekannt zu haben, die anders war. Dunkel. Als hätte jemand das Licht am Himmel ausgeschaltet. Was natürlich vollkommener Unsinn war.

Sie mussten so lange warten, bis er wieder hungrig wurde und der Aufseher ihm eine zweite Mahlzeit brachte, und auch danach vergingen noch einmal einige Stunden. Spät in der Mitte der Schlafenszeit erst kam der Krieger zurück.

»Hat er irgendetwas gesagt?«, fragte er sofort, als er den Raum betrat, ohne sich mit einer Begrüßung aufzuhalten.

»Nein, Herr«, antwortete der Wächter. »Er ist verstockt. Und wenn Ihr mich fragt –«

»Ich kann mich nicht erinnern, dich gefragt zu haben«, fiel ihm der Krieger ins Wort. Dann wandte er sich an Mike und seine Stimme und sein Gesichtsausdruck wurden wieder freundlicher.

»Hast du ein wenig ausruhen können, Mike?«

»Nicht wirklich«, antwortete Mike wahrheitsgemäß. »Aber das Essen war gut und er war sehr freundlich zu mir.« Er deutete auf den Aufseher. Aus irgendeinem Grund hatte er plötzlich das Bedürfnis, ihn zu verteidigen.

»Das will ich ihm auch geraten haben«, grollte der Krieger. »Es ist schade, dass du nicht ausgeschlafen hast, aber leider nicht zu ändern. Wir haben einen langen Marsch vor uns.«

»Herr?«, fragte Mike verwirrt. Der Aufseher in seiner Ecke wurde hellhörig.

»Ich nehme dich mit«, antwortete der Krieger.

»Aber warum?«, entfuhr es Mike. Die Frage selbst war schon

eine Ungehörigkeit. Es ging ihn nichts an, was der Krieger tat und warum.

»Das erkläre ich dir unterwegs«, antwortete der Krieger. »Wir werden eine Menge Zeit zum Reden haben.« Er wandte sich an den Aufpasser. »Bring einen Mantel und warme Schuhe für den Jungen. Und beeil dich gefälligst!«

Der Mann rannte regelrecht aus dem Raum. Kaum waren sie allein, da war der gelassene Gesichtsausdruck des Kriegers wie weggeblasen. Er wirkte plötzlich nervös und sein Blick irrte immer wieder zur Tür. Fast als fürchte er sich vor etwas. Aber natürlich war auch das Unsinn. Krieger fürchteten sich vor nichts.

Es dauerte nicht lange und der Aufseher kam zurück, einen warmen Mantel über dem rechten Arm und ein Paar fester Schuhe in der linken Hand. Mike zog beides an und sie verließen zu dritt den Raum.

Draußen hob der Krieger jedoch die Hand und hielt den Wächter zurück. »Du bleibst hier«, sagte er. »Du wirst dieses Haus nicht verlassen, ehe die Schlafenszeit vorüber ist. Und du wirst zu niemandem über das sprechen, was du gehört und gesehen hast. Tust du es, kostet es dich dein Leben. Hast du das verstanden?«

»Ja, Herr«, sagte der Aufseher. Er war bleich vor Schrecken.

»Dann versuch es nicht zu schnell zu vergessen«, sagte der Krieger. »Wenn doch, komme ich zurück, und dann ergeht es dir schlecht.«

Damit verließen sie das Haus. Mike war über die Worte des Kriegers höchst verwirrt, wagte aber nicht ihn anzusprechen, sondern ging schnell und mit gesenktem Kopf neben ihm her.

Im Lager herrschte Totenstille, was aber angesichts der Zeit nur normal war. Das gute Dutzend runder, aus Korallen erbauter Häuser beherbergte etwa hundert Menschen, von denen der allergrößte Teil Arbeiter und nur eine Hand voll Wächter waren, und sie alle mussten müde und vollkommen erschöpft von dem hinter ihnen liegenden Arbeitstag sein. Wahrscheinlich hatte noch nicht einmal jemand gemerkt, dass der Krieger zurückgekommen war.

Es schien ihm auch, als ob sich der Krieger besonders vorsichtig und leise bewegte, fast so, als lege er Wert darauf, dass niemand etwas von seinem Hiersein bemerkte. Auch das konnte natürlich nicht sein. Ein Krieger musste auf nichts und niemanden Rücksicht nehmen.

Sie durchquerten die Siedlung sehr schnell und drangen in den Wald ein, der ihre nördliche Grenze bildete. Es war die einzige Richtung, in der sie überhaupt gehen konnten – in der anderen gab es nur noch die Korallengruben. Nach dreißig oder vierzig Schritten jedoch blieb der Krieger stehen.

»Du wartest hier«, bestimmte er. »Wenn jemand kommt, dann versteckst du dich. Ich bin bald wieder zurück.«

Er gab Mike gar keine Gelegenheit, zu antworten, sondern fuhr auf dem Absatz herum und verschwand mit schnellen Schritten in der Richtung, aus der sie gekommen waren. Mike fragte sich, ob er vielleicht etwas vergessen hatte. Aber er konnte sich gar nicht erinnern, dass er irgendetwas bei sich gehabt hätte, als er ins Haus gekommen war.

Hinter ihm raschelte etwas. Mike fuhr erschrocken herum

und blickte in ein schwarzes, einäugiges Gesicht, das ihn aus dem Unterholz heraus anstarrte.

Er hat in der Tat etwas vergessen, wisperte die Stimme des Felltiers in seinem Kopf. *Es gibt da noch etwas, was er dem Wächter geben muss. Es ist ungefähr fünfzig Zentimeter lang und aus Stahl.*

Es dauerte einen Moment, bis Mike wirklich begriff, was ihm das Felltier damit sagen wollte. »Du meinst, er will ihn ... töten?«

Du begreifst aber schnell, sagte das Felltier spöttisch.

»Aber warum?«

Damit er auch wirklich Wort hält und niemandem sagt, dass er hier war und dich mitgenommen hat, antwortete das Felltier.

Mike schauderte. Natürlich war ihm klar gewesen, dass der Aufseher kein Stillschweigen wahren würde – aber das war doch kein Grund, einen Menschen umzubringen!

Hier schon, antwortete das Felltier, das offensichtlich wieder seine Gedanken gelesen hatte. *Ein Menschenleben ist nicht viel wert. Hier jedenfalls nicht.*

»Aber ... aber sie werden den toten Wächter finden!«, murmelte Mike. »Und wenn niemand weiß, dass der Krieger mich mitgenommen hat ...« Ein neuer, eisiger Schrecken durchfuhr ihn. »... dann werden sie glauben, *ich* hätte ihn getötet und wäre dann geflohen.«

Stimmt, antwortete das Felltier spöttisch. *Aber glaube mir, das ist im Moment noch das kleinste Problem!*

»Was meinst du damit?«, fragte Mike.

Die Tatsache, dass du diese Frage stellst, beweist schon, dass es vollkommen sinnlos wäre, sie dir zu beantworten, sagte das

Felltier. *Junge, Junge, da werde ich noch eine ganze Menge zu tun haben, um deinen kümmerlichen Denkapparat wieder umzukrempeln.*

»Würde es dir etwas ausmachen, nicht andauernd in Rätseln zu sprechen?«, fragte Mike ärgerlich.

Das tue ich doch, antwortete das Felltier. Mike war sicher, ein Grinsen auf seinem Gesicht zu sehen. *Ich komme wieder, sobald die Luft rein ist.*

Damit verschwand das Tier. Mike blickte noch eine Weile verwirrt in den Wald und versuchte vergeblich seinen Worten irgendeinen Sinn abzugewinnen. Alles war so ... merkwürdig. Und es machte ihm immer mehr Angst.

Nach nicht allzu langer Zeit kam der Krieger zurück. Er sagte kein Wort und wirkte sogar entspannt, als wäre er nur einmal kurz zurückgegangen, weil er vergessen hatte sich zu verabschieden. Aber das Schwert, das er an seiner Seite trug, war blutig.

Sie marschierten bis zum Ende der Schlafenszeit, dann wich der Krieger vom Weg ab und sie drangen ein gehöriges Stück weit in den Wald ein. Mike war nicht wohl dabei: Der Wald war gefährlich. Man konnte sich verirren und es gab gefährliche Tiere. Ihm fiel aber auch auf, dass der Krieger große Sorgfalt darauf verwandte, keinerlei Spuren zu hinterlassen.

Gute fünfhundert Schritt abseits des Waldes fanden sie eine kleine Lichtung, auf der sie sich niederlegten und einige Stunden schliefen. Mike hatte Angst davor einzuschlafen, denn möglicherweise würden die Träume zurückkommen und die unheimlichen Bilder. Aber er war erschöpft und sein Körper verlangte sein Recht. Erst lange nach Mittag wachte er wieder auf, ausgeruht und ohne die Erinnerung an irgendwelche Träume und mit dem verlockenden Geruch von gebratenem Fleisch in der Nase.

Als er sich aufrichtete, sah er den Krieger mit untergeschlagenen Beinen neben sich sitzen. Vor ihm brannte ein flackerndes Feuer, über dem unterschiedlich große Fleischstücke an einem Stock brieten. Schon der Geruch ließ Mike das Wasser im Munde zusammenlaufen. Sein Magen knurrte hörbar.

Das war ihm sehr peinlich, aber der Krieger lächelte nur, nahm eines der Fleischstücke vom Feuer und reichte es ihm.

Zögernd griff Mike zu. Das Fleisch war so heiß, dass er sich Finger und Zunge verbrannte, aber es war das Köstlichste, was er jemals gegessen hatte. Fleisch war nichts, was man jeden Tag bekam. Und ein so gutes Stück wie dieses hatte er noch nie gehabt.

»Schmeckt es?«, fragte der Krieger amüsiert.

Mike nickte. »Es ist fantastisch«, sagte Mike mit vollem Mund. Bratensaft tropfte an seinem Kinn herab. »So etwas Gutes habe ich noch nie gegessen. Was ist es?«

»Raubkrabbe«, antwortete der Krieger.

Mike blieb der Bissen im wahrsten Sinne des Wortes im Halse stecken und das Glitzern in den Augen des Kriegers wurde noch spöttischer. »Nur keine Hemmungen«, sagte er. »Es gibt keinen Grund, aus dem sie uns nicht ebenso gut schmecken sollten wie wir ihnen.«

Mike kaute fast widerwillig weiter, aber der Krieger hatte vollkommen Recht: Das Fleisch des Tieres schmeckte köstlich.

»Hast du gut geschlafen?«, fragte der Krieger.

»Ja, Herr«, antwortete Mike.

Der Krieger verzog das Gesicht. »Hör auf, mich Herr zu nennen. Mein Name ist Sarn.«

»Sicher, Herr«, sagte Mike, schluckte den Bissen hinunter, an dem er gekaut hatte, und verbesserte sich: »Sarn.«

»Gut«, sagte Sarn. »Wir marschieren weiter, sobald du gegessen hast. Kannst du klettern?«

Mike antwortete nicht gleich. So verrückt es klang: Er wusste es nicht. »Ich ... hoffe es«, sagte er zögernd.

»Nun, wir werden es herausfinden«, sagte Sarn. »Kannst du dich jetzt besser erinnern? An diese seltsamen Namen, von denen du gesprochen hast? Oder das Felltier?«

Astaroth. Der Name stand plötzlich und so klar in seinem Bewusstsein, dass er sich unwillkürlich umsah, ob das Felltier vielleicht in der Nähe stand und wieder auf seine unheimliche lautlose Weise mit ihm sprach. Sie waren jedoch allein. Nach einigen Augenblicken schüttelte er den Kopf.

»Du musst dich erinnern«, sagte Sarn eindringlich. »Du kannst dir gar nicht vorstellen, wie wichtig es ist. Nicht nur für dich.«

»Wichtig?«, wiederholte Mike verstört. Er lachte unsicher. »Wie könnte jemand wie ich wichtig sein?«

»Jemand wie du?«, fragte Sarn mit seltsamer Betonung. »Wer bist du denn? Erzähl mir etwas über dich.«

»Da gibt es nichts zu erzählen«, antwortete Mike spontan. »Ich arbeite in den Korallenbrüchen. Das ist alles.«

»Und warum?«, wollte Sarn wissen. »Du bist noch sehr jung.

Die Arbeit hier unten ist eine harte Strafe. Was hast du getan, dass man dich dazu verurteilt hat?«

Mike dachte eine Weile über diese Frage nach, aber dann zuckte er mit den Schultern.

»Du weißt es nicht«, sagte Sarn in einem Ton, als hätte er genau diese Antwort erwartet. »Gut. Dann erzähl mir etwas über dich. Wo kommst du her? Wer sind deine Eltern? Was hast du getan, bevor du hierher geschickt wurdest?«

Mike schwieg. Er wusste es nicht. Es war unheimlich. Er konnte sich an nichts erinnern, was länger als ein paar Wochen zurücklag. Es war, als hätte sein Leben vorher gar nicht existiert.

Und was vielleicht das Unheimlichste überhaupt war: Bevor Sarn seine Fragen gestellt hatte, hatte er noch nie auch nur darüber *nachgedacht*.

»Das dachte ich mir«, seufzte Sarn. »Du bist einer von denen, nach denen wir suchen.«

»Wir?«

»Sei mir nicht böse, wenn ich darauf noch nicht antworte«, sagte Sarn. »Du wirst alles erfahren, sobald wir in Sicherheit sind.«

In Sicherheit? Mike hatte bisher noch gar nicht gewusst, dass sie in Gefahr waren. Und er hatte das sichere Gefühl, dass Sarn nicht von den wilden Tieren und gefährlichen Pflanzen sprach, die es ringsum im Wald gab.

»Das alles muss dich ziemlich verwirren«, sagte Sarn. »Aber das kann ich dir nicht ersparen. Du musst dich erinnern, Mike.«

»Aber woran?«

»An dein Leben«, sagte Sarn. »Du hast damit schon angefangen. Versuch es weiter. Jede Kleinigkeit ist wichtig. Für dein Leben und für die Freiheit vieler Menschen. Vielleicht für ganz Lemura.«

Er vertilgte sein letztes Stück Fleisch, stand auf und löschte mit großer Sorgfalt das Feuer. Anschließend gab er Mike ein Zeichen, sich ebenfalls zu erheben.

Sie gingen zum Weg zurück. Sarn gebot ihm am Waldrand zu warten. Mike beobachtete mit wachsender Beunruhigung, dass er den Weg sorgsam auf Spuren untersuchte, ehe er ihm erlaubte ihm zu folgen. Er sagte nichts, aber sein Benehmen machte klar, dass er damit rechnete, verfolgt zu werden. Mike konnte sich nur nicht erklären, von wem. Krieger hatten keine Feinde. Es gab in ganz Lemura niemanden, den Sarn hätte fürchten müssen. Mike wagte es jedoch nicht, eine entsprechende Frage zu stellen.

Zwei, vielleicht auch drei Stunden marschierten sie in scharfem Tempo dahin, dann erreichten sie die Stelle, an der der Weg scharf nach Westen abknickte, um dem Großen Abgrund auszuweichen und anschließend zum Aufstieg zur nächsten Ebene zu führen. Mike erwartete natürlich, dass sie ihm weiter folgen würden, und er war nicht wenig überrascht, als Sarn den Kopf schüttelte und in die entgegengesetzte Richtung wies.

»Dorthin?«, vergewisserte er sich. »Aber dort liegt der Große Abgrund!«

»Ich weiß«, antwortete Sarn mit einem sanften Lächeln. Mehr sagte er nicht und natürlich wagte es Mike auch nicht, eine weitere Frage zu stellen. Sich überhaupt zu vergewissern, ob die Entscheidung des Kriegers richtig war, ja seine Entscheidung gewissermaßen in Frage zu stellen, grenzte an Selbstmord. Aber indem Sarn ihm gestattet hatte, ihn mit seinem Namen anzureden, hatte er die Distanz zwischen ihnen verringert. Mike war nur nicht sicher, ob ihm das gefiel oder ob es ihm eher Angst machen sollte.

Die Richtung jedenfalls, in der sie sich nun bewegten, gefiel ihm eindeutig nicht. Vor ihnen lagen nur noch dichter Wald, drei, vielleicht vier Wegstunden tief, und danach das Ende der Welt: der Große Abgrund. Wohin führte ihn Sarn?

Selbst wenn Mike es gewagt hätte, den Krieger danach zu fragen, hätte er während der nächsten Stunden gar keine Gelegenheit dazu gefunden, denn allein das Gehen beanspruchte seine gesamten Kräfte. Der Wald war hier viel dichter als der, in dem sie zuvor geschlafen hatten. Mehr als einmal musste der Krieger sein Schwert zu Hilfe nehmen, um sich einen regelrechten Pfad durch das dichte Unterholz zu hacken, und ein paar Mal schien selbst das nichts mehr zu nutzen. Sie erreichten das Ende des Waldes erst, als die Schlafenszeit fast heran war. Mike war mit seinen Kräften am Ende und selbst der Krieger wirkte erschöpft und müde. Das wunderte Mike. Er hatte immer geglaubt, dass Krieger keine Müdigkeit kennen. Konnte es sein, dass die göttliche Gestalt, neben der er ging, ein paar durchaus menschliche Schwächen hatte?

Sarn gab ihm mit Zeichen zu verstehen, dass er sich setzen und eine Weile ausruhen sollte, schien sich aber selbst noch keine Pause gönnen zu wollen. Mike sah erstaunt zu, wie er sich einen Moment suchend umblickte und dann mit großem Geschick auf den höchsten Baum stieg, den es in unmittelbarer

Umgebung gab. Da die Blätterkrone des Waldes sehr dicht war, entschwand er schon bald seinen Blicken und Mike war allein.

Er wagte es nicht, Sarns Aufforderung Folge zu leisten und sich zu setzen. Auch wenn sie auf dem Weg hierher nicht viel davon zu Gesicht bekommen hatten, so wusste er doch, dass der Wald voller Leben war. Gefährlichem Leben. So blieb er angestrengt lauschend und mit heftig klopfendem Herzen stehen, bis Sarn zurückkehrte.

Der Krieger sah besorgt aus. »Sie sind uns auf den Fersen«, sagte er.

»Sie? Von wem sprichst du?« Mike fuhr erschrocken zusammen, als ihm klar wurde, dass ihm ganz versehentlich das vertraute »Du« herausgerutscht war. Der Krieger machte jedoch keine Anstalten, ihm für diese Verfehlung die Zunge herauszuschneiden, sondern beantwortete seine Frage. Oder auch nicht, denn er sagte kopfschüttelnd: »Wenn wir Glück haben, wirst du das nicht erfahren. Es tut mir Leid, aber wir können keine Rast einlegen. Sie kommen rasch näher. Ich fürchte, sie haben einen Spurensucher bei sich.«

Er machte eine Kopfbewegung nach vorne und Mike erschrak abermals. Vor ihnen lag nämlich kein Wald mehr, sondern der Große Abgrund – der streng genommen kein *Abgrund* war, sondern eine hundert Mannslängen lotrecht aufstrebende Wand aus Fels und Korallen. Den Namen Großer Abgrund hatten die Menschen Lemuras geprägt, die oberhalb der Felswand lebten.

Was aber nichts daran änderte, dass Mike allein beim Anblick dieser Wand die Knie schlotterten. Nun, zumindest war ihm jetzt klar, warum Sarn ihn gefragt hatte, ob er klettern konnte ...

»Wir werden vier Stunden brauchen, um dort hochzukommen«, sagte Sarn besorgt. »Wenn nicht mehr. Sie werden uns sehen.«

»Warum warten wir dann nicht, bis es Nacht ist?«, schlug Mike vor. Erst als er die Worte bereits ausgesprochen hatte, wurde ihm klar, was er gesagt hatte. Das heißt: Genau genommen wurde es ihm *nicht* klar. Er blinzelte verwirrt.

»Nacht?«, wiederholte Sarn fragend. »Was meinst du damit?«

»Keine Ahnung«, gestand Mike achselzuckend. »Es ist mir einfach so eingefallen.«

»Offenbar kommen deine Erinnerungen zurück«, sagte Sarn, aber Mike schüttelte traurig den Kopf.

»Nur die Worte«, sagte er. »Sie bedeuten mir nichts.«

»Noch nicht.« Sarn machte eine wegwerfende Handbewegung. »Der Zauber verliert seine Wirkung. Das hatte ich gehofft. Vielleicht kannst du dich in ein paar Tagen bereits wieder an alles erinnern. Aber jetzt müssen wir dafür sorgen, dass du auch lange genug am Leben bleibst, um dich zu erinnern. Komm!«

Mike folgte dem Krieger; widerwillig, aber sehr schnell. Die Wand kam ihm immer höher vor, je mehr er sich ihr näherte. Als sie an ihrem Fuß angelangt waren, schien sie bis zur Himmelskuppel zu reichen, annähernd drei Meilen über ihnen.

Zögernd begann er neben Sarn an der Wand emporzusteigen. Anfangs ging es besser, als er erwartet hatte. Die Wand war zwar vollkommen senkrecht, war aber rissig und porös, sodass seine Finger und Zehen genug Halt fanden. Außerdem erwies er sich als geschickterer Kletterer, als selbst Sarn erwartet zu haben schien, denn der Krieger warf ihm überraschte Blicke zu. Er sagte nichts, aber mit Sicherheit hatte er erwartet, auf Mike Rücksicht nehmen zu müssen. Das Gegenteil war der Fall. Zumindest auf den ersten Metern musste Sarn sich bemühen, um mit Mike Schritt zu halten, nicht umgekehrt.

Aber das blieb nicht allzu lange so. Mikes Kräfte erlahmten bald und die scharfkantigen Korallen, aus denen die Wand zum großen Teil bestand, scheuerten seine Finger wund. Sie hatten noch nicht ein Viertel erstiegen, als sie zum ersten Mal Halt machen mussten.

Sarn hatte einen schmalen Sims ausgemacht, der Platz für sie beide bot, wenn sie sich ein bisschen quetschten. Er kletterte voraus, half Mike das schmale Felsband ebenfalls zu erklettern und lehnte sich dann mit Schultern und Hinterkopf gegen den Stein, um die Augen zu schließen. Mike wurde allein bei dem Gedanken übel. Unter ihnen gähnte fünfzig Meter nichts und dann ziemlich harter Korallenboden. Sarn jedoch schien das nichts auszumachen. Mike hatte das Gefühl, dass er diese waghalsige Kletterpartie nicht zum ersten Mal hinter sich brachte.

Es tat ungemein wohl, seinen müden Gliedern endlich ein wenig Erholung gewähren zu können. Mit der Ruhe kam auch die Müdigkeit zurück, aber er getraute sich nicht im Sitzen zu schlafen wie Sarn.

Um nicht aus Versehen einzuschlafen, was mit Sicherheit zu einem tödlichen Sturz in die Tiefe geführt hätte, ließ er seinen

Blick aufmerksam über das grünbraune Blätterdach des Waldes tief unter sich schweifen. Nach einer Weile entdeckte er eine Bewegung tief unter ihnen, aber nicht mehr allzu weit vom Fuß der Wand entfernt. Zwei, drei, vier Gestalten in schwarzen Mänteln und bronzefarbenen Brustharnischen und Helmen bahnten sich mit blitzenden Schwertern einen Weg durch den Wald.

»Das ... das sind ... *Krieger!*«, entfuhr es ihm.

Sarn öffnete die Augen. Er hatte nicht geschlafen, sondern nur ausgeruht. »Und zwar die besten«, sagte er leise. »Argos' Palastwache.«

»Aber wieso ... wieso laufen wir vor ihnen davon?«, fragte Mike verständnislos.

»Weil sie mich töten würden, wenn ich ihnen in die Hände fiele«, antwortete Sarn. »Und ich fürchte, dich auch.«

»Töten? Aber wieso denn? Du bist doch auch ein Krieger! Ein Mann wie sie!«

»Nein!« Sarns Widerspruch kam unerwartet heftig. »Ich war einmal wie sie, das ist wahr. Aber es ist lange her. Ich gehöre zum Widerstand, weißt du?«

Mike hatte keine Ahnung, was der *Widerstand* war.

»Bis gestern wusste niemand davon«, fuhr Sarn fort. »Ich habe im Geheimen gearbeitet. Als Krieger im Dienst der Herrschenden war ich dem Widerstand von großem Nutzen. Aber damit ist es nun vorbei.« Er seufzte und sah Mike an. »Ich hoffe, es war das Opfer wert ... Fühlst du dich stark genug, um weiterzuklettern?«

Die ehrliche Antwort auf diese Frage wäre ein ganz klares Nein gewesen. Aber dann sah Mike wieder nach unten. Die

Krieger waren schon näher gekommen. Nicht mehr lange und sie würden ebenfalls damit beginnen, an der Wand emporzuklettern.

»Ich bin nicht sicher, ob ich es bis oben schaffe«, sagte er.

»Das musst du auch nicht«, antwortete Sarn geheimnisvoll. »Wir haben schon mehr als die Hälfte. Komm, weiter!«

Sie setzten ihren Aufstieg fort. Die kurze Rast hatte nicht gereicht, seine Kräfte wirklich wieder zu erneuern. Seine Hände bluteten mittlerweile und jeder Muskel in seinem Körper tat weh. Aber Sarn trieb ihn unbarmherzig an.

Stunden, wie es Mike vorkam, kletterten sie weiter, ohne dass das Ende der Felswand sichtbar näher zu kommen schien. Mike hatte längst den Punkt überwunden, an dem er der Meinung war, einfach nicht mehr weiter zu können, aber Sarn gestattete ihm nicht die geringste Pause. Als Mike einmal zufällig einen Blick in die Tiefe warf, da wurde ihm nicht nur sofort schwindelig, er verstand auch, wieso Sarn ihn so unbarmherzig antrieb.

Unter ihnen kletterten vier Gestalten in wehenden schwarzen Mänteln die Wand empor und bewegten sich deutlich schneller als sie.

»Wir haben es fast geschafft«, keuchte Sarn. »Sie werden uns nicht einholen, hab keine Angst.«

Mike sah verwirrt nach oben. Sie hatten etwas mehr als die Hälfte der Wand hinter sich. Die Anstrengung musste Sarns Sinne verwirrt haben! Trotzdem kletterte er verbissen weiter. Zurück ging es nicht mehr und vielleicht würden die Kräfte der Verfolger ja irgendwann einmal erlahmen.

Plötzlich war Sarn über ihm einfach verschwunden, doch

bevor Mike auch nur richtig erschrecken konnte, tauchten Kopf, Schultern und rechter Arm des Kriegers wieder auf. Er winkte aufgeregt mit der Hand.

»Schnell!«, rief er. »Noch ein kleines Stück und du hast es geschafft!«

Mike mobilisierte seine letzten Kräfte. Trotzdem musste Sarn nach unten greifen und ihm auf dem letzten Stück helfen.

Schwer atmend und so erschöpft, dass ihm vor Schwäche fast übel wurde, fand sich Mike schließlich in einem schmalen, schräg in den Fels hineinführenden Höhleneingang wieder. Das Licht reichte nur einige Schritte weit; danach herrschte absolute Finsternis. Aber Mike spürte, dass der Stollen noch sehr tief in den Felsen hineinreichen musste.

»Was ist –«, begann er, nachdem er wieder halbwegs zu Atem gekommen war, aber Sarn unterbrach ihn mit einer hastigen Bewegung.

»Keinen Laut!«, zischte er. »Und keine schnellen Bewegungen. Wenn sie uns entdecken, ist es aus.«

Sie?, dachte Mike erschrocken. Wovon sprach Sarn? Vorsichtig drehte er sich herum und blickte angestrengt in die Dunkelheit der Höhle hinein. Sie war nicht so total, wie er im ersten Augenblick angenommen hatte. An den Wänden gab es unterschiedlich große Flächen grüner Leuchtalgen. Wenn sich ihre Augen erst einmal umgestellt hatten, würden sie wahrscheinlich wenigstens genug sehen können, um nicht über ihre eigenen Füße zu stolpern. Irgendetwas bewegte sich in diesem grünen Zwielicht. Mike konnte nicht genau erkennen, was, aber in Verbindung mit Sarns Worten machte es ihm Angst. Als er einige

Augenblicke gelauscht hatte, hörte er ein unheimliches Kratzen und Schaben.

Sarn warf einen Blick nach draußen, nickte dann zufrieden und richtete sich sehr behutsam auf. Ebenso langsam griff er unter seinen Mantel und zog einen ledernen Beutel hervor. Mike sah verwirrt zu, wie er mit der Hand hineingriff und eine graue, unappetitlich riechende und nicht besonders hübsch aussehende Paste herausnahm, mit der er sich sorgfältig Gesicht, Arme und Oberschenkel einrieb. Als er fertig war, gab er den Beutel an Mike weiter.

»Hier! Reib dich damit ein. Aber gründlich.«

Mike warf einen missmutigen Blick in den Beutel. »Es stinkt«, sagte er.

Sarn nickte. »Was meinst du, wie *du* erst stinkst, wenn du ein paar Tage tot bist«, sagte er. »Nun mach schon.«

Was blieb Mike schon anderes übrig als Sarn zu gehorchen? Angeekelt griff er in den Beutel, nahm eine Hand voll der stinkenden Masse heraus und rieb sich gründlich jedes bisschen sichtbare Haut damit ein. Als er fertig war, stank er wie ein toter Fisch. Ein schon ziemlich lange toter Fisch.

Sarn verstaute seinen Beutel sorgsam wieder, hielt sich mit der linken Hand am Felsen fest und beugte sich wieder vor, um nach den Verfolgern zu sehen. Dann tat er etwas, was Mike einfach nicht verstand.

»Heda!«, brüllte Sarn, so laut er konnte. »Kommt ruhig her, wenn ihr euch traut! Wir werden euch entsprechend empfangen!«

Jetzt zweifelte Mike wirklich an seinem Verstand. Nicht nur, dass Sarn ihm gerade selbst eingeschärft hatte, nur ja leise zu sein – Mikes Meinung nach hatten ihre Chancen gar nicht so schlecht gestanden, dass die Verfolger die schmale Felsplatte einfach übersahen. Er selbst jedenfalls hätte sie nicht einmal bemerkt, wäre Sarn nicht praktisch vor seiner Nase darin verschwunden. Jetzt gab es diese Möglichkeit natürlich nicht mehr.

Sarn machte jedoch durchaus den Eindruck, als wisse er, was er tat. Mit einem zufriedenen Ausdruck im Gesicht drehte er sich zu Mike herum.

»Jetzt werden sie uns finden!«, sagte Mike.

»Na, das will ich doch hoffen«, antwortete Sarn. Er deutete in die grüne Dämmerung hinter Mike. »Folge mir. Beweg dich ganz langsam und gib keinen Laut von dir, ganz egal, was passiert!«

Er ging los, mit kleinen, sehr vorsichtigen Schritten, und Mike folgte ihm auf dieselbe Weise. Sein Herz klopfte. Er glaubte jetzt immer deutlicher eine huschende, unheimliche Bewegung vor sich wahrzunehmen, konnte aber immer noch nicht genau erkennen, worum es sich handelte.

Als er es dann endlich sah, war er überrascht, aber nicht wirklich erschrocken.

In dem grünen Dämmerlicht tauchte ein sonderbares Geschöpf auf. Es war nicht einmal so groß wie seine Hand und ähnelte einer Krabbe, besaß aber acht Beine an Stelle von sechs und zwei unterschiedlich große Scheren. Die eine war winzig und sah fast so aus wie eine zweifingerige Hand, die andere dafür umso größer, eine für ein so kleines Geschöpf mächtige Waffe, der Mike es durchaus zutraute, einem Menschen einen Finger abzuknipsen. Das Tier hatte einen grünbraunen, ziemlich massiv aussehenden Panzer und bewegte sich seitwärts, statt geradeaus zu gehen. Es sah sonderbar aus, aber nicht sehr bedrohlich.

Sarn schien das anders zu sehen, denn er erstarrte regelrecht zur Salzsäule. Das Tier hielt eine Handbreit vor seinen Füßen an, bewegte unsicher die größere Schere und musterte Sarn dabei aus seinen grotesken, auf langen Stielen sitzenden Augen. Nach einigen Sekunden trippelte es wieder seitwärts davon und verschwand in der Dunkelheit, aus der es gekommen war.

Als Mike ihm mit Blicken folgte, stockte ihm fast der Atem. Und plötzlich verstand er nur zu gut, warum Sarn sich so verhielt.

Die Wände waren schwarz von kleinen Krabbentieren.

Es mussten nicht hunderte, sondern im wahrsten Sinne des Wortes *unzählige* sein. Sie krabbelten einzeln über den Boden, hingen in großen Trauben an den Wänden, krochen übereinander her und flitzten manchmal sogar an der Decke entlang. Nicht allen gelang es. Eines der Tiere verlor den Halt und fiel nur ein kleines Stück vor Sarns Füßen herab, richtete sich aber sofort wieder auf und verschwand. Sein Panzer schien äußerst stabil zu sein.

Die Zahl der Tiere nahm noch zu, je weiter sie in die Höhle eindrangen. Die Wände waren jetzt total von grünen Leuchtalgen bedeckt; trotzdem bewegten sie sich eine Zeit lang durch fast völlige Dunkelheit, weil die Masse der Krabbentiere das Licht einfach verschluckte. Und mit jedem Schritt, den sie taten, hatte Mike mehr das Gefühl, aus unheimlichen Augen angestarrt zu werden.

Sarn blieb immer wieder stehen, wenn eines der Tiere seinen Weg kreuzte oder ihm nahe kam.

Auf diese Weise brauchten sie eine geraume Weile, bis sie das Ende des Stollens erreicht hatten. Der Fels bildete hier eine regelrechte Treppe aus unterschiedlich hohen asymmetrischen Stufen, auf denen die Zahl der Krabbentiere abnahm. In dem dahinter liegenden Teil der Höhle herrschte wieder helleres Licht. Dort bedeckten keine Krabben die Wände.

Er zitterte am ganzen Leib, als sie das obere Ende des Absatzes erreicht hatten. Er wollte weitergehen, aber Sarn schüttelte den Kopf und ließ sich unmittelbar an der Kante niedersinken.

»Warte«, flüsterte er schwer atmend. »Nur einen Moment.«

Mike war davon nicht begeistert. Sie waren aus dem Tunnel der Krabben heraus, aber er hatte ja selbst gesehen, wie schnell sich die kleinen Geschöpfe bewegen konnten. Die Treppe würde sie nur Sekunden aufhalten.

Sie mussten sich nicht allzu lange gedulden. Das Ende des Tunnels, durch das sie selbst hereingekommen waren, war als münzgroßer Lichtfleck in der Entfernung zu sehen. Nach kaum fünf Minuten tauchte der Umriss des ersten Verfolgers darin auf, dann der zweite, dritte, vierte. Mike konnte sehen, dass sich die Männer aufrichteten und umsahen.

»Wir sollten sie warnen«, flüsterte Mike.

Sarn nickte. »Ganz wie du meinst.« Dann richtete er sich auf, bildete mit den Händen einen Trichter vor dem Mund und schrie, so laut er konnte: »He! Geht nicht weiter! Es ist euer sicheres Verderben!«

Mike keuchte. Sarns Worte schallten als vielfach gebrochenes

Echo von den Wänden zurück und sie lösten auch ein sichtbares Echo unter den Krabben aus. Die Tiere bewegten sich unruhig. Ein zischelndes Rasseln erklang; wie Millionen Kieselsteine, die übereinander rollten.

Der erhoffte Erfolg blieb jedoch aus. Die Männer vorne am Höhleneingang machten nicht kehrt, sondern kamen im Gegenteil rasch auf sie zu. Von der Gefahr, in die sie sich begaben, hatten sie offenbar keine Ahnung.

»Bleibt stehen, ihr Dummköpfe!«, schrie Sarn. »Ihr lauft in den Tod!«

Diesmal begannen einige der Krabben tatsächlich in ihre Richtung zu kriechen. Sarn nahm jedoch keinerlei Notiz davon, sondern sah zu, wie die Männer rasch näher kamen. Die zwei, drei Krabben, die vor ihnen über die Kante gekrochen kamen, schleuderte er mit Fußtritten in die Tiefe zurück.

Dann jedoch bückte er sich plötzlich, hob eine der Krabben auf und schleuderte sie mit einer mächtigen Bewegung in den Tunnel hinein. Das Tier traf einen der Männer an der Schulter und prallte ab. Der Mann stolperte mit einem überraschten Schrei zurück – und in dem von trübgrünem Licht erfüllten Tunnel unter ihnen brach die Hölle los.

Die gesamten Wände gerieten in Bewegung. Es schien, als ob sich der Tunnel selbst auf die Männer stürzte und sie einfach verschlang. Gellende Schreie erklangen und das Zischeln und Rasseln steigerte sich zu gewaltiger Lautstärke.

Sarn packte Mike an der Schulter, wirbelte ihn herum und riss ihn einfach mit sich.

»Du hast sie ... umgebracht!« Mikes Stimme zitterte noch immer, obwohl es gute zehn Minuten her war, seit sie diesen Teil der Höhlen erreicht und sich zum Ausruhen auf den Felsen niedergelassen hatten. Sie waren nicht mehr in Gefahr; die Krabben waren zwar schnell, aber nicht sehr ausdauernd; die Tiere hatten sie einige Schritte weit verfolgt und dann aufgegeben, wahrscheinlich, um sich ihren viel bequemer erreichbaren Opfern weiter vorne im Stollen zuzuwenden. Seither war ihnen kein lebendes Wesen mehr begegnet. Trotzdem hämmerte Mikes Herz noch immer zum Zerreißen und er war nach wie vor von einem kalten, lähmenden Entsetzen erfüllt. Nur dass es jetzt einen vollkommen anderen Grund hatte.

»Du hast sie einfach umgebracht!«, sagte er noch einmal, als Sarn nicht antwortete. »Vier Menschen!«

»Vier Männer der Palastgarde«, antwortete Sarn hart. »Jeder von ihnen hat mindestens ein Dutzend Menschenleben auf dem Gewissen.«

»Das ist doch kein Grund, sie einfach umzubringen!«, empörte sich Mike in scharfem Ton.

Für einen Moment verfinsterte sich Sarns Gesicht vor Zorn und Mike konnte sehen, wie sich die Muskeln in seinen Schultern und Oberarmen spannten; als würde er zum Schlag ausholen. Dann aber seufzte er nur tief und schüttelte den Kopf. »Hätte ich noch einen Beweis gebraucht, dass du einer von denen bist, nach denen wir suchen, dann hätte ich ihn jetzt«, sagte er. »Niemand würde es wagen, so mit einem Krieger zu sprechen.«

Mike erschrak bis ins Mark. Für einen Moment hatte er einfach vergessen, wem er gegenüberstand. Und für einen weiteren Moment war er ganz sicher, dass Sarn ihn jetzt augenblicklich töten würde.

Sarn tat jedoch nichts dergleichen. Er wurde nicht einmal wütend, sondern sagte im Gegenteil in fast versöhnlichem Ton: »Ich hätte sie nicht retten können, glaub mir. Sie waren im selben Moment verloren, in dem sie die Höhle betraten. Die Fangkrebse hätten sie auf jeden Fall getötet. Sie vernichten alles, was ihnen in den Weg kommt.«

»Uns haben sie auch verschont«, widersprach Mike.

Sarn fuhr sich mit den Fingern über das Gesicht und hielt sie Mike entgegen. »Wir hatten die Salbe«, sagte er. »Sie verdeckt unseren Körpergeruch. Und wenn man sich langsam und vorsichtig bewegt, übersehen sie einen manchmal. Aber nur manchmal. Ich war nicht sicher, ob wir es schaffen.«

»Wovon leben diese Tiere?«, fragte Mike. »Es müssen tausende sein!«

»Sie gehen auf die Jagd«, antwortete Sarn. »Diese Höhlen hier sind ihr Jagdrevier. Deshalb können wir auch nicht lange bleiben. Wenn sie ausschwärmen, dann ist nichts vor ihnen sicher ... Aber keine Angst. Im Moment sind sie satt. Wir haben also ein wenig Zeit.«

Mike fand die letzte Bemerkung ziemlich geschmacklos. Deshalb ging er auch nicht weiter darauf ein, sondern fragte: »Wohin bringst du mich?«

»An einen geheimen Ort«, antwortete Sarn. »Die Führer des Widerstands wollen dich sehen. Ich und andere haben seit Wochen nach dir gesucht.« Er stand auf. »Und nun komm weiter. Die Fangkrebse sind nicht die einzige Gefahr, die in diesen Höhlen lauert.«

Sie marschierten weiter. Der Weg erwies sich tatsächlich als gefährlich, obgleich ihnen nicht ein einziges lebendes Wesen begegnete, geschweige denn ein Raubtier. Doch was als kaum sichtbarer Spalt im Fels begonnen hatte, das erwies sich mehr und mehr als gewaltiges unterirdisches Labyrinth, in dem sich Mike alleine schon nach wenigen Minuten hoffnungslos verirrt hätte. Es war ihm ein Rätsel, wie Sarn hier die Orientierung behielt.

Doch selbst mit einem ortskundigen Führer grenzte es an ein Wunder, dass sie den Weg zur Oberfläche hinauf schafften. Mehr als einmal mussten sie sich durch Spalten und Felsritzen quetschen, die kaum groß genug schienen, einen Arm hindurchzustrecken, und ein paar Mal führte der Weg durch gewaltige Hohlräume oder vorbei an Abgründen, die eine Meile oder mehr in die Tiefe führen mussten.

Als sie endlich wieder Tageslicht vor sich erblickten, hatte Mike kaum noch die Kraft, sich auf den Füßen zu halten. Sarn musste ihn auf den letzten Metern beinahe tragen.

Nach endlosen Stunden, die sie sich nur im blassen Schein der Leuchtalgen bewegt hatten, blendete ihn das im Grunde nicht einmal sehr intensive Licht der Himmelskuppel Lemuras fast. Er konnte nicht viel erkennen. Rings um sie herum war immer noch Wald, aber sie mussten sich wohl auf der oberen Ebene Lemuras aufhalten, denn weit hinter der grünen Mauer des Dschungels konnte er die schimmernden Türme des Königspalastes erkennen.

»Können wir jetzt ... ausruhen?«, murmelte er, während er mit hängenden Schultern an Sarn vorbeischlurfte.

»Sicher«, sagte Sarn. »Wir sind jetzt – *warte!*«

Das letzte Wort hatte er in einem erschrockenen Flüstern hervorgestoßen. Gleichzeitig fuhr er herum, duckte sich halb und griff nach seinem Schwert.

»Was ist?«, fragte Mike alarmiert.

Sarn hob warnend die linke Hand und zog mit der anderen sein Schwert. »Still!«, sagte er. »Hörst du nichts?«

Mike lauschte, konnte aber keinen Laut vernehmen.

»Jemand kommt«, sagte Sarn. »Zwei oder drei Mann. Schnell!«

Er stürmte los und gab Mike ein Zeichen, ihm zu folgen, aber er kam nur wenige Schritte weit. Plötzlich teilte sich das Unterholz vor ihm und ein Mann in der Kleidung eines Kriegers trat hervor. Einen Moment später raschelte es erneut und ein zweiter und dann ein dritter Mann traten aus dem Wald. Alle waren mit Schwertern und großen, runden Schilden bewaffnet.

Sarn schrie wütend auf, riss seine Klinge in die Höhe und attackierte den vor ihm stehenden Mann. Aber die stundenlange Flucht durch die Höhlen hatte ihren Preis gefordert: Der Mann musste sich nicht einmal anstrengen, um Sarns Hieb auszuweichen. Sarn stolperte an ihm vorbei und fiel auf die Knie. Der Krieger schlug ihm die flache Seite der Klinge in den Nacken. Sarn stürzte, ließ seine Waffe fallen und rollte schwerfällig auf den Rücken.

Einen Moment später war der Angreifer über ihm und setzte ihm das Schwert an die Kehle. »Begeh jetzt keinen

Fehler, Sarn«, sagte er. »Ich möchte dich nicht töten. Noch nicht.«

Eine starke Hand legte sich auf Mikes Schulter und einer der anderen Krieger trat neben ihn. Der dritte gesellte sich zu dem, der Sarn überwältigt hatte. Vielleicht trauten sie der vermeintlichen Schwäche des Kriegers doch nicht so ganz.

»Du enttäuschst mich, Sarn«, sagte der erste Krieger kopfschüttelnd. »Du enttäuschst mich wirklich sehr. Ich habe dich für einen meiner besten Männer gehalten. Und du hintergehst mich auf eine so schmähliche Weise.« Er trat einen Schritt zurück und machte gleichzeitig eine auffordernde Bewegung mit seinem Schwert.

Sarn gehorchte, wenn auch erst nach kurzem Zögern. Sein Blick wanderte zwischen den Gesichtern seiner ehemaligen Kameraden und Mike hin und her. In seinen Augen stand eine unendlich tiefe Enttäuschung geschrieben, aber er verzog keine Miene.

Nachdem er vergeblich auf eine Antwort gewartet hatte, trat der Kommandant kopfschüttelnd zurück und wandte sich zu Mike um. »Du bist also der Junge, um dessentwillen Sarn und der gesamte Widerstand ein solches Risiko eingehen«, sagte er.

»Davon weiß ich nichts«, antwortete Mike – und taumelte im nächsten Moment zwei Schritte zurück. Sein Gesicht brannte so heftig, dass ihm die Tränen in die Augen schossen. Der Krieger hatte ihn ohne Vorwarnung geohrfeigt.

»Was fällt dir ein, das Wort an mich zu richten, ohne dass ich dich dazu aufgefordert habe!«, fauchte er. »Tu es noch einmal und ich lasse dir die Zunge herausschneiden!«

Mike hütete sich irgendetwas dazu zu sagen, sondern senkte hastig den Blick. Der Krieger starrte ihn noch einen Moment zornig an, dann fuhr er auf dem Absatz herum und deutete auf Sarn.

»Bindet ihn!«, befahl er. »Macht es gründlich und passt auf. Sarn ist gefährlich, selbst mit gebundenen Händen. Und beeilt euch. Argos erwartet uns auf der Burg, noch ehe die Schlafenszeit beginnt!«

Mike wurde gepackt und grob herumgestoßen. Er war so müde, dass er im Gehen hätte einschlafen können.

Aber darauf nahmen die drei Männer natürlich keine Rücksicht.

Es musste wohl wirklich so gewesen sein, dass er im Gehen eingeschlafen war, denn das Nächste, was er bewusst wahrnahm, war, dass er heftig gegen den Rücken seines Vordermannes prallte und dann noch heftiger zurückstolperte und zu Boden fiel, als dieser herumfuhr und ihn ohrfeigte.

Halb benommen stürzte er zu Boden, blieb einen Moment liegen und rappelte sich dann hastig wieder hoch.

»Pass gefälligst auf, wo du hinläufst, du Tölpel!«, knurrte der Mann, den er angerempelt hatte, und versetzte ihm einen unsanften Knuff in die Seite. »Das nächste Mal kommst du nicht so glimpflich davon!«

Mike war klug genug, nichts zu sagen, aber er spuckte ein bisschen Blut aus. Ganz so glimpflich kam es ihm gar nicht vor ...

»Lasst ihn in Ruhe«, mischte sich Sarn ein. »Ihr seht doch, dass der Junge vollkommen erschöpft ist. Wollt ihr ihn als Leiche bei Argos abliefern?«

Etwas klatschte. Mike sah nicht hin, aber er nahm an, dass man nun auch Sarn geschlagen hatte, und dieselbe Stimme, die auch ihn angefahren hatte, sagte in hämischem Ton: »Genau genommen sollen wir nur dich lebendig abliefern, Verräter. Ich weiß nur nicht, ob du dich darüber freuen solltest. Weiter jetzt!«

Mike wurde erneut grob vorwärts gestoßen. Nachdem sich das Dröhnen in seinem Kopf ein wenig gelegt hatte, begriff er, dass er wohl eine geraume Zeit mehr schlafend als wach hinter den Männern hergeschlurft sein musste, denn ihre Umgebung hatte sich stark verändert. Statt durch dichten Wald marschierten sie nun einen gewundenen, sanft ansteigenden Weg entlang, zu dessen Seiten sich große, offensichtlich gerade abgeerntete Felder erstreckten. Hier und da erhoben sich kleine, aus Fels und Korallenbruch erbaute Hütten und ungefähr eine halbe Meile vor ihnen endete der Pfad vor einer gut zehn Meter hohen, bunt bemalten Wand, der Stadtmauer Lemuras, der Hauptstadt und gleichzeitig aber auch einzigen Stadt des unterirdischen Reiches. Über der Mauerkrone konnte Mike die Dächer der Häuser erkennen und weit darüber wiederum die Türme der schimmernden Burg, in denen Argos und die herrschende Kaste lebten. Er hatte kein sehr gutes Gefühl. Seine Erinnerungen waren noch immer blockiert, aber allein beim Klang des Namens Argos lief ihm ein kalter Schauer über den Rücken. Und er empfand ein starkes Gefühl von Enttäuschung.

Sie passierten das Stadttor, ohne aufgehalten zu werden. Der Hauptmann hob nur kurz die Hand und winkte einer der beiden

Wachen am Tor zu und sie durften passieren. Offensichtlich waren sie erwartet worden.

Mike sah sich neugierig um, als sie die Stadt betraten. Lemura war nicht besonders groß, aber dafür umso einzigartiger. Die Häuser waren nach den Regeln einer fremdartigen Architektur erbaut und die Straßen waren schmal. Viele Türen waren mit kostbaren Schnitzereien verziert und hier und da sah er auch abblätterndes Gold oder gar Edelsteine, die in die Reliefarbeiten eingelassen waren. Aber er sah auch eine Menge Beschädigungen, geborstene Türen, gesplitterte Fensterscheiben und eingesunkene Dächer, die nie repariert worden waren. Lemura – jedenfalls der Teil, durch den sie gingen – machte den Eindruck von verblichener Pracht und die Menschen, die ihnen entgegenkamen, passten dazu. Die meisten waren ärmlich gekleidet und wirkten ausgezehrt und krank und sie bewegten sich mit gesenkten Köpfen und kleinen, schleppenden Schritten, als trügen sie eine unsichtbare Last mit sich herum. Mike hatte das Gefühl, sich durch eine Stadt voller Sklaven zu bewegen. Der Anblick der schimmernden, perlmuttbesetzten Türme über ihren Dächern wirkte wie der pure Hohn.

»Sieh dich ruhig um«, sagte Sarn, dem seine Blicke nicht entgangen waren. »So leben die Menschen in Lemura, damit die Herrscher ein möglichst angenehmes Leben führen können!«

Mike antwortete nicht, aber der Kommandant sagte: »Ich an deiner Stelle würde mir überlegen, was ich rede. Argos wird von solchen Sprüchen nicht begeistert sein.«

»Und?«, fragte Sarn. »Ihr tötet mich doch sowieso!«

»Das ist wahr«, antwortete der Kommandant. »Die Frage ist

nur, ob schnell oder möglichst langsam und qualvoll. Also schweig jetzt lieber.«

Sarn lachte, folgte dem Rat seines ehemaligen Vorgesetzten aber trotzdem und schwieg, während sie weiter durch die schmalen Straßen in Richtung Schloss gingen.

Sie überquerten eine Art Marktplatz, der den Eindruck noch untermauerte, den Mike von dieser Stadt auf dem Meeresgrund hatte. Die wenigen Buden waren ärmlich und heruntergekommen und die feilgebotenen Waren luden nicht zum Kauf ein: verschlissene Stoffe, rostiges Metall und größtenteils fremdartiges Gemüse und Obst, das nicht besonders appetitlich aussah.

Nachdem sie den Marktplatz überquert hatten, bogen sie in eine weitere, noch schmalere Gasse ein. Zwei oder drei Männer mit gesenkten Häuptern und unansehnlichen grauen Mänteln kamen ihnen entgegen und in mehreren Türen lehnten Gestalten, die ihnen mit gelangweilten Blicken nachsahen.

Irgendetwas stimmte nicht. Mike hatte plötzlich ein intensives Gefühl von Gefahr. Er blieb stehen und sah sich alarmiert um.

Er schien nicht der Einzige zu sein, dessen Sinne Alarm schlugen. Auch die drei Krieger hatten angehalten und die Hände auf ihre Schwerter gesenkt. Der Hauptmann sah sich aufmerksam um.

Aber es war zu spät.

Die drei Männer, die ihnen entgegenkamen, machten keine Anstalten, ihnen in der schmalen Gasse Platz zu machen, sondern schlugen im Gegenteil plötzlich ihre Mäntel zurück. Darunter kamen zerschrammte Rüstungen, blitzende Schwerter und

Dolche zum Vorschein. Auch hinter ihnen polterten plötzlich schwere Schritte auf der Gasse und im selben Augenblick flogen zu beiden Seiten ein Dutzend Fenster auf und Männer mit Armbrüsten und Bogen erschienen darin.

»Ein Hinterhalt!«, keuchte der Hauptmann. Er zog sein Schwert.

»Ganz recht«, sagte Sarn ruhig. »Und ich an deiner Stelle würde die Waffe wieder einstecken. Oder möchtest du unbedingt sterben?« Er lachte. »Ich kann dir allerdings versprechen, dass es sehr schnell und schmerzlos sein wird.«

Der Hauptmann presste die Lippen aufeinander. Sein Blick irrte nervös über die Gestalten, die die Straße vor ihnen versperrten. Offensichtlich wog er seine Chancen ab.

»Versuch es erst gar nicht«, sagte Mike. »Sie werden euch nichts tun, wenn ihr uns gehen lasst.«

»Wer sagt das?«, fragte Sarn.

»Ich!« Mike sah ihn herausfordernd an. Ein bisschen komisch kam er sich schon dabei vor, sich plötzlich für die Männer einzusetzen, die ihm vermutlich noch vor zehn Minuten kaltblütig die Kehle durchgeschnitten hätten. Trotzdem fuhr er fort: »Niemand hat etwas von ihrem Tod. Wenn das da deine Freunde sind, dann haben sie ihr Ziel erreicht, wenn wir frei sind. Es ist nicht nötig, hier ein Gemetzel anzurichten.«

Nicht nur Sarn sah ihn überrascht an. Vor allem sein früherer Kommandant sah regelrecht fassungslos drein und auch die meisten Widerstandskämpfer – denn um nichts anderes konnte es sich bei den Männern handeln, die so plötzlich aus dem Nichts aufgetaucht waren – wirkten verwirrt. Aber schließlich sagte Sarn: »Ihr habt den Jungen gehört. Entwaffnet sie – und bindet sie gut. Wir brauchen Zeit um zu verschwinden.«

Während er sprach, hatte einer der Männer bereits seine Handfesseln gelöst. Drei weitere waren dabei, die Krieger zu entwaffnen und ihre Hände auf dem Rücken zu fesseln. Die Krieger leisteten keinen Widerstand, aber der Hauptmann sah Mike unverwandt und noch immer fassungslos an.

Nachdem die Männer gebunden worden waren, führte man sie in eines der Häuser. Sarn zeigte auf ein Haus auf der anderen Straßenseite: »Dort hinein. Und schnell. Sie werden sehr bald merken, dass wir verschwunden sind, und dann schickt Argos wahrscheinlich seine gesamte Armee hierher.«

Mike setzte sich in Bewegung. Die Tür, auf die er zuging, wurde von innen geöffnet und eine Hand griff heraus und zerrte Mike in das Haus. Sarn und zwei der anderen so plötzlich aufgetauchten Männer folgten ihm, aber noch bevor sich seine Augen an das trübe Licht gewöhnen konnten, wurde die Tür wieder zugeschlagen und er fand sich in nunmehr vollkommener Dunkelheit wieder.

»Was ist das hier?«, fragte Mike.

»Still!«, zischte Sarns Stimme aus der Dunkelheit. Offenbar an einen anderen gewandt, fuhr der abtrünnige Krieger fort: »Schnell jetzt! Jemand hat bestimmt die Palastwache alarmiert! Sie werden jeden Moment hier sein!«

Mike konnte hören, wie Möbel gerückt wurden, dann knarrte etwas und plötzlich erfüllte roter Fackelschein den Raum. Es reichte nicht aus, um viele Einzelheiten zu erkennen, aber immerhin konnte Mike sehen, dass sich im Boden eine Klappe geöffnet hatte, unter der hölzerne Stufen steil in die Tiefe führten. Der Fackelschein kam von dort unten.

Ohne dass es einer weiteren Aufforderung bedurft hätte, folgte er Sarn und den beiden anderen Männern in die Tiefe. Kaum hatten sie die Treppe betreten, da fiel die Klappe über ihnen zu und sie fanden sich erneut in einem schier endlosen, unterirdischen Labyrinth wieder. Gang folgte auf Gang, sie liefen über Treppen, Geröllhalden oder auch von der Hand der Natur geformte Rampen und Mike war sicher, dass er schon nach wenigen Schritten hoffnungslos die Orientierung verloren hätte. Sarn jedoch bewegte sich mit nahezu traumwandlerischer Sicherheit vorwärts.

Schließlich wurde es auch vor ihnen hell und nach einigen weiteren Augenblicken betraten sie eine große, von einem guten Dutzend Fackeln erhellte Höhle, in der sich zahlreiche Männer und Frauen aufhielten. Herumgedrehte Fässer und Kisten dienten als Tische und Stühle und der Duft von gebratenem Fleisch erfüllte die Luft. Etliche der Anwesenden sahen hoch, als Mike und seine Begleiter die Höhle betraten, und an ihren Mienen wurde Mike klar, dass ihre Ankunft offenbar ungeduldig erwartet worden war. Sarn trieb ihn jedoch unbarmherzig weiter und deutete auf einen Durchgang am jenseitigen Ende der Höhle.

»Unser Anführer will dich sehen«, sagte er. »Mit allen anderen kannst du dich später bekannt machen.«

Etwas an der Art, in der Sarn das sagte, gefiel Mike nicht. Und plötzlich fühlte er sich nicht mehr besonders wohl in seiner Haut. Er hatte erlebt, wie hart und rücksichtslos diese Menschen sein konnten, wenn es sein musste. Was, wenn er ihrem geheimnisvollen Anführer gegenübertrat und dieser zu dem Schluss kam, dass er *nicht* der war, den er erwartet hatte?

Mit klopfendem Herzen trat er in die angrenzende Höhle. Sie war viel kleiner als die Erste, und da sich mindestens ein Dutzend Männer darin aufhielt, wirkte sie noch winziger. Es gab kein Mobiliar, sondern nur einen großen Tisch, auf dem sich Karten und eng beschriebene Pergamente stapelten. Vier oder fünf Männer standen über die Karten gebeugt da, sahen bei ihrem Eintreten aber alle auf. Einer von ihnen sagte etwas, aber Mike hörte die Worte gar nicht.

Er starrte vollkommen fassungslos in das Gesicht des dunkelhaarigen Mannes, den er sofort und ohne den geringsten Zweifel als den Führer des Widerstandes erkannte.

»Singh!«, keuchte er.

Und die Erinnerung brach wie eine Flutwelle über ihn herein ...

Mike sah aus den Augenwinkeln, wie Tarras überrascht aufblickte und ein erschrockener Ausdruck auf seinem Gesicht erschien. Vargan zeigte keinerlei Reaktion, während Argos regelrecht entsetzt dreinsah.

»Lemura?« Trautman schüttelte verwirrt den Kopf. »Das habe ich noch nie gehört. Was soll das sein?«

Serena antwortete nicht, sondern wandte sich direkt an Tarras. »Es ist so, nicht wahr?«

Tarras nickte widerstrebend. »Du bist klüger, als ich dachte. Ja. Es ist Lemura. Aber jetzt haben wir genug geredet. Ich muss mich konzentrieren, um das Schiff in die Schleuse zu fahren. Also halt den Mund.«

Der Ausdruck auf Serenas Gesicht war pures Entsetzen. Mike verstand das nicht. Auch er hatte dieses Wort noch nie gehört, weder von Trautman noch von Serena, die ihm weiß Gott genug von ihrer versunkenen Heimat erzählt hatte.

Er drehte sich wieder zu Serena herum und machte eine fast herrische Geste, als alle anderen sie auf einmal mit Fragen zu bestürmen begannen. »Lasst sie in Ruhe«, sagte er. »Sie wird uns schon erzählen, was sie weiß, wenn sie es möchte.«

»Nein«, sagte Serena. »Sie haben ein Recht, es zu erfahren.«

»Was zu erfahren?«, fragte Ben.

»Das da draußen –« Serena deutete mit einer erschöpft wirkenden Kopfbewegung zum Fenster. »– ist Lemura. Ich habe davon gehört, aber ich ... ich dachte, es wäre eine Legende. Nur ein Märchen, um kleine Kinder zu erschrecken.«

»Offensichtlich nicht«, sagte Ben.

Mike warf ihm einen ärgerlichen Blick zu, den Ben mit einem herausfordernden Grinsen quittierte, und Serena fuhr nach einem kurzen Moment und in verändertem Tonfall fort:

»Ich hätte es wissen müssen. Wieso ist es mir nicht gleich aufgefallen? Alles ist so klar. So deutlich!«

»Was?«

»Die Wächter«, murmelte Serena. »Die Haie und... ihre Herren. Ich habe davon gehört, aber ich ... ich habe mich einfach nicht daran erinnert!«

»Warum auch?«, sagte Mike in dem vergeblichen Bemühen, sie zu trösten. »Es war schließlich nur ein Märchen.«

»Aber alles war so deutlich!«, beharrte Serena. »Es heißt in der Legende, dass Lemura von einer Armee von Haifischen bewacht wird, den gefährlichsten Räubern der Meere. Und von Wesen, die eigens geschaffen wurden, um sie zu lenken.«

»Geschaffen?«, fragte Juan zweifelnd. »Soll das heißen, dein Volk war in der Lage, Lebewesen zu erschaffen?«

»Das spielt jetzt keine Rolle.« Trautman brachte ihn mit einer Geste zum Verstummen. »Was ist dieses Lemura, Serena?«

»Der Stolz ihres Volkes«, sagte Tarras vom Steuerpult her. Offensichtlich war er doch nicht ganz so konzentriert auf seine Arbeit, wie er behauptete hatte, denn er schien jedes Wort gehört zu haben. »Und der ganz besondere Stolz ihres Vaters. Er hat es erbauen lassen. Ist es nicht witzig, dass uns ausgerechnet seine einzige Tochter den Schlüssel zu seinen Toren geliefert hat?«

»Ein Gefängnis«, sagte Serena.

»Ein Gefängnis?«, ächzte Mike. Er hatte keinen Grund, an Serenas Worten zu zweifeln, aber die Behauptung erschien ihm im ersten Moment trotzdem unglaublich – schon angesichts der ungeheuerlichen Größe der Unterwasserkuppel. Die NAUTILUS glitt immer noch darüber hinweg und es war kein Ende abzusehen.

Serena nickte. »Ja. Ein Ort, an den alle Verbrecher unseres Volkes verbannt wurden.«

»Ach, hat er dir das erzählt, dein Herr Vater?«, fragte Tarras böse. »Nun, nach allem, was ich über ihn gehört habe, passt das zu ihm.«

»Und nach dem, was wir mit Ihnen erlebt haben, scheint es

die Wahrheit zu sein«, versetzte Ben giftig. Tarras grinste nur zur Antwort und betätigte einen Schalter. Ein Zittern lief durch den Rumpf der NAUTILUS und das Schiff wurde langsamer und begann gleichzeitig tiefer auf die unterseeische Kuppel herabzusinken.

»Aber ein Gefängnis von so ungeheurer Größe«, murmelte Trautman kopfschüttelnd.

»Mein Vater war ein großherziger Mann«, antwortete Serena. »Wir halten nichts davon, Verbrecher für den Rest ihres Lebens in einen winzigen Raum einzusperren, in dem sie allmählich den Verstand verlieren. Das macht niemanden besser und es macht kein geschehenes Unheil wieder gut. Also ließ er diese Stadt bauen. Eine ganze Stadt auf dem Meeresgrund, die groß genug war, dass sie dort in Ruhe und Frieden ihr eigenes Leben leben konnten.«

Tarras lachte schrill. »Ja, das hat er dir erzählt, nicht wahr? Aber hast du es jemals selbst gesehen?«

»Nein«, sagte Serena.

»Nun«, erklärte Tarras mit einem breiten Grinsen, »das wirst du. Vielleicht denkst du anschließend über die Großzügigkeit deines Vaters etwas anders.«

»Sie reden, als ob Sie ihn gekannt hätten«, sagte Mike.

»Kaum«, erwiderte Tarras. »Dieses Vergnügen hatte ich leider nicht. Und wenn, dann wäre es für einen von uns beiden ein sehr kurzer Spaß gewesen, das schwöre ich dir.«

»Wenn es nicht so ist, wie Serena sagt, wie war es dann?«, wollte Juan wissen.

»In einem Punkt hat sie die Wahrheit gesagt«, antwortete

Tarras. Er machte eine wütende Geste auf die riesige unterseeischen Kuppel, die ganz langsam zu dem Schiff emporzusteigen schien. »Es war ihr Vater, der dieses Monstrum erbauen ließ. Aber nicht für gewöhnliche Verbrecher. Unsere Vorfahren waren keine Räuber und Diebe, wie sie euch glauben machen will.«

»Was dann?«

»Es waren Menschen, die nur ihre Freiheit wollten«, antwortete Argos an Tarras' Stelle. Seine Stimme war sehr leise und sehr traurig. »Ihr einziges Verbrechen bestand darin, die Herrschaft des Königs von Atlantis nicht anzuerkennen. Sie haben sich gegen seine Tyrannei aufgelehnt. Er ließ diesen Aufstand blutig niederschlagen, aber die, die überlebten, hörten nicht auf gegen ihn zu kämpfen. Also befahl er sie in Ketten zu legen und Lemura zu erbauen. Die meisten von ihnen starben während dieser Arbeit, denn sie dauerte fast ein Menschenleben lang. Und die, die sie überlebten, wurden in dem Gefängnis, das sie selbst errichtet hatten, ausgesetzt und ihrem Schicksal überlassen.

»Das ist nicht wahr!«, protestierte Serena. »Mein Vater war kein Tyrann!«

»Warte nur noch einige Minuten und du wirst sehen, welches Paradies dein Vater für uns erschaffen hat«, sagte Tarras. Auch seine Stimme wurde bitter, aber es war ein harter Klang darin, den Argos nicht gehabt hatte. »Es war die Hölle und das ist es immer noch. Der König versprach ihnen, regelmäßig Nahrungsmittel und Dinge des täglichen Bedarfs zu schicken, aber nach einer Weile hörten die Lieferungen auf. Von hunderttausend, die dort ausgesetzt wurden, überlebten am Ende weniger als fünfhundert! Er hat sie einfach ihrem Schicksal überlassen, dieser großherzige König.«

»Ihr tut ihm Unrecht«, sagte Mike. »Atlantis ging unter, als Serena zwölf Jahre alt war. Deshalb wurden diese Leute vergessen.«

»Das spielt keine Rolle«, antwortete Tarras zornig.

»Dass sie nicht alle starben, grenzt an ein Wunder. Und das haben wir nicht dem König von Atlantis zu verdanken oder irgendwem, sondern nur dem Mut und der Zähigkeit jener tapferen Männer und Frauen.«

»Sie waren unsere Vorfahren«, ergänzte Argos. »Tausende von Jahren lang kämpften sie um das nackte Überleben, bis sich wieder so etwas wie eine Zivilisation bildete. Wir – Tarras, Voran und die anderen, die auf dem Schiff waren – waren die Ersten, denen es gelang, Lemura zu verlassen und zur Oberfläche hinaufzukommen. Das war vor zehn Jahren. Seither suchen wir nach einem Weg, um auch den Rest unseres Volkes wieder an die Erdoberfläche hinaufzuschaffen.«

»Habt ihr ihn gefunden?«, fragte Trautman.

Argos schüttelte den Kopf, während Tarras überhaupt nichts sagte, sondern sich auf seine Instrumente konzentrierte.

»Sie werden euch niemals entkommen lassen«, sagte Serena. »Die Wächter wurden eigens geschaffen um Lemura zu bewachen.«

»Uns haben sie auch nicht getötet«, sagte Tarras.

»Ja, weil ihr mich als Geisel hattet«, antwortete Serena wütend. »Aber lieber sterbe ich, ehe ich zusehe, wie –«

»Red nicht so einen Unsinn«, unterbrach sie Mike. Er wandte

sich an Tarras. »Sie hat Recht«, sagte er. »Die Haie haben euch ziehen lassen, weil ihr uns hattet, aber ich glaube nicht, dass sie auch weiter noch auf unsere Leben Rücksicht nehmen werden, wenn ihr alle zu entkommen droht.«

»Das werden wir sehen. Schweig jetzt.«

Mike gehorchte. Schon weil Tarras' scharfer Tonfall klarmachte, dass er ihm sowieso nicht mehr antworten würde.

Außerdem hatte die NAUTILUS die riesige Kuppel mittlerweile fast erreicht. Das Schiff näherte sich jetzt rasch dem künstlichen Meeresboden. Kurz bevor es ihn berühren konnte, begann der Sand plötzlich zu zittern wie unter einem Seebeben, dann bildete sich ein langer, schnurgerader Riss, der rasch zu einer Spalte und schließlich zu einem gewaltigen Kanal wuchs, groß genug, um fünf Schiffe von den Abmessungen der NAUTILUS aufzunehmen.

Das Schiff glitt lautlos in diesen Spalt hinab, hörte auf zu sinken und für eine ganze Weile trieben sie durch absolute Dunkelheit dahin. Dann schimmerte vor ihnen wieder jenes seltsame grüne Licht, das sie schon von oben gesehen hatten. Diesmal war es jedoch sehr viel intensiver.

Sie konnten von ihrer Position aus nicht erkennen, wohin die NAUTILUS fuhr, aber das Licht wurde heller und heller und schließlich brach es sich an einem schimmernden zerbrochenen Wasserspiegel über ihnen. Mike hielt staunend den Atem an, als die NAUTILUS aufzutauchen begann und nach wenigen Augenblicken die Wasseroberfläche durchbrach. Das Fenster führte auf einen breiten, offenbar künstlich angelegten See mit gemauerten Rändern hinaus.

Tarras betätigte noch einige Schalter, dann legte die NAUTILUS am Ufer an und das Geräusch der Motoren erlosch. »Wir sind da.« Tarras machte eine einladende Geste. »Wenn ich euch bitten dürfte.«

Niemand rührte sich.

»Was soll das?«, fragte Trautman. »Sie haben versprochen, uns gehen zu lassen, sobald Sie zu Hause sind!«

Tarras schüttelte den Kopf und sah ihn strafend an. »Wer wird denn so unhöflich sein, mein lieber Herr Kapitän? Sie werden doch unsere Gastfreundschaft nicht ausschlagen, nach allem, was wir Ihnen zu verdanken haben! Lassen Sie mich Ihnen zumindest unsere Heimat zeigen, bevor Sie wieder in Ihre furchtbar trockene Welt zurückkehren.«

Der zynische Unterton in seiner Stimme war nun nicht mehr zu überhören und er gab sich auch gar keine Mühe mehr, in irgendeiner Form überzeugend zu lügen. Als Trautman jedoch noch zögerte, sich in Bewegung zu setzen, zuckte er mit den Achseln, zog seine Pistole aus dem Gürtel und richtete sie auf ihn.

»Bitte, Kapitän. Ich war lange von zu Hause fort. Und Sie wissen ja, wie das mit Seeleuten ist: Sie können es kaum erwarten, nach einer langen Reise ihre Familien wieder zu sehen.«

»Aber... aber Sie haben versprochen uns freizulassen!«, protestierte Chris.

Mike lachte bitter. »Glaubst du wirklich, das hätte er auch nur eine Sekunde lang wirklich vorgehabt, du Dummkopf?«, fragte er. »Überleg doch mal selbst. Erinnerst du dich nicht, was er gesagt hat? Sie haben endlich die Möglichkeit, aus ihrem

Gefängnis zu fliehen. Und wir haben ihnen den Schlüssel geliefert. Was glaubst du, was dieser Schlüssel ist? Die NAUTILUS!«

Keiner der anderen antwortete darauf. Nach einer Weile drehte sich Trautman langsam herum und verließ den Salon und nach einem kurzen Zögern folgten ihm auch die anderen.

Mike und Serena waren die Letzten, die den Salon verließen, Hand in Hand und Schutz suchend aneinander geklammert, mit klopfenden Herzen und einem Ungewissen Schicksal entgegen.

Mike fragte sich, was sie erwarten mochte.

Oben unter dem immer gleich bleibenden, leuchtend grünen Himmel Lemuras, musste die Schlafenszeit gekommen und wieder gegangen sein. Mike war so müde, dass sein Kopf dröhnte und seine Augen brannten, aber sie redeten noch immer; und Singh und die anderen machten keine Anstalten, ihm eine Pause zu gönnen.

Natürlich hätte er sowieso keinen Schlaf gefunden. Singhs Anblick hatte die Barriere, die vor seinen Erinnerungen gewesen war, schlagartig und endgültig niedergerissen. Er wusste jetzt eindeutig wieder, wer er war und wie er und alle anderen hierher gekommen waren.

Mehr aber auch nicht.

Als hätten seine Gedanken eine Drehtür durchschritten, waren all seine Erinnerungen an sein Leben in *Lemura* vollkommen ausgelöscht. Er erinnerte sich an den Moment, in dem er die NAUTILUS verlassen hatte, und dann wieder an den Augenblick, in dem er Astaroth wieder gesehen hatte. Alles, was sich dazwischen abgespielt hatte, war wie ausgelöscht.

»Deine Erinnerungen werden zurückkehren«, beruhigte ihn Singh, als er eine entsprechende Frage stellte. »Es wird nur eine Weile dauern.«

»Woher willst du das wissen?«, fragte Mike.

»Weil es bei mir genauso war«, antwortete der Inder. Er versuchte zu lächeln, aber es gelang ihm nicht ganz. Seine Lippen verzogen sich, doch es war kein wirkliches Lächeln. Mike hatte Singh noch nie so ernst und besorgt erlebt wie jetzt. Und seine nächsten Worte unterstrichen dieses Gefühl noch.

»Ich hoffe nur, uns bleibt noch so lange Zeit«, sagte der Sikh leise. »Argos wird die NAUTILUS zerstören, wenn er so weitermacht.«

Mike erschrak. »Wieso?«

»Das ist eine lange Geschichte«, seufzte Singh. Er warf Mike einen raschen, aber viel sagenden Blick zu. Offensichtlich gab es Dinge, die nicht für die Ohren der anderen bestimmt waren. Trotzdem fuhr er fort: »Ich fürchte nur, dass wir es kaum noch verhindern können.«

»Dann greifen wir ihn an!«, sagte Sarn. »Die Bevölkerung steht auf unserer Seite! Es braucht nur ein Signal und –«

»– wir zetteln eine Revolution an?«, unterbrach ihn Singh in scharfem Ton. Obwohl er so müde sein musste wie sie alle, blitzten seine Augen plötzlich vor Zorn. »Richten wir ein Blutbad an! Lassen wir hunderte sterben, vielleicht tausende! Ist es das, was du willst?«

Sarn hielt seinem Blick einige Sekunden lang stand. Aber er widersprach nicht und schließlich drehte er den Kopf mit einem hastigen Ruck zur Seite und starrte die Wand an.

»Es ist spät geworden«, sagte Singh. »Wir sind alle müde und gereizt. Lasst uns ein paar Stunden schlafen und das Gespräch danach fortsetzen.«

Sarn zog die Unterlippe zwischen die Zähne. Seine Augen blitzten immer noch trotzig, aber er widersprach nicht, sondern funkelte Singh nur weiter an.

»Singh hat völlig Recht«, sagte Mike hastig. »Ich bin müde. Lasst uns später weiterreden ... Habt ihr irgendwo ein Bett für mich?«

»Selbstverständlich«, sagte Singh. »Sarn – bring ihn in mein Quartier. Und dann such dir selbst einen Schlafplatz. Du hast Großartiges geleistet. Jetzt ruh dich wenigstens ein bisschen aus. Die Welt können wir auch morgen noch retten!«

Der sanfte Spott in seiner Stimme war mit Sicherheit versöhnlich gemeint, aber Mike sah an Sarns Miene, dass der Krieger ihn nicht so verstand. Fast hastig sprang er hoch und wandte sich direkt an Sarn.

»Singh hat Recht. Ich breche gleich zusammen.«

Sarn starrte ihn einen Moment lang zornig an, aber dann nickte er und drehte sich mit einem Ruck herum. Mike tauschte noch einen raschen Blick mit Singh, dann folgte er Sarn.

Der Krieger geleitete ihn in eine weitere, spartanisch eingerichtete Höhle, die von einer heftig rußenden Fackel erhellt war. Wortlos deutete er auf das Bett und Mike ließ sich ebenso wortlos darauf niedersinken.

Kaum hatte sein Kopf das harte Kissen berührt, da musste er auch schon mit aller Gewalt gegen den Schlaf ankämpfen. Er wusste, dass er sich trotz allem noch keine Ruhe gönnen konnte; Singh würde zweifellos in wenigen Augenblicken kommen, um allein mit ihm zu reden. Trotzdem kostete es ihn all seine Willenskraft, nicht einzuschlafen.

Er wurde auch nicht enttäuscht. Es verging nicht viel Zeit, da wurde der Vorhang vor der Tür zurückgeschlagen und der Inder kam herein. »Schläfst du schon?«, fragte er leise.

»Tief und fest«, antwortete Mike. »Aber ich habe einen furchtbaren Albtraum. Er dauert schon ziemlich lange und ich weiß nicht, wie ich daraus aufwachen soll.«

»Es ist schön, dass du deinen Humor nicht verloren hast«, sagte Singh, ohne dass sich auch nur die Spur eines Lächelns auf seinem Gesicht gezeigt hätte. Er warf noch einen suchenden Blick durch den Vorhang nach draußen, wie um sich zu überzeugen, dass sie auch tatsächlich nicht belauscht wurden, dann kam er auf Mike zu, machte aber eine abwehrende Bewegung, als Mike sich erheben wollte.

»Bleib liegen«, sagte er. »Du brauchst Ruhe. Und ich werde nicht lange bleiben. Es gibt nur ein paar Dinge, die ich dir sagen muss.«

»Ohne dass die anderen es hören«, vermutete Mike. »Ich hätte mir eigentlich denken können, dass du der Führer des Widerstandes bist.«

»Ich habe mich nicht darum gerissen«, sagte Singh.

»Und wie bist du es geworden?«

»Ich war Sklave wie du«, antwortete Singh. »Auch meine Erinnerungen waren vollkommen ausgelöscht – ich nehme an, dass es den anderen ebenso ergeht.«

»Also hat Argos uns belogen«, sagte Mike.

»Belogen?« Singh lächelte bitter und schüttelte den Kopf. »Er hat uns nur versprochen, uns am Leben zu lassen, nicht mehr. Nicht, uns unsere Erinnerungen zu lassen.«

»Was ja auch ein riesiger Unterschied ist«, sagte Mike mit zynischem Unterton. »Ich meine: Wenn ich mein ganzes Leben vergesse und sogar, wer ich selbst bin, dann bin ich ja eigentlich so gut wie tot, oder?«

»Eine interessante Frage«, sagte Singh. »Aber ich bin nicht hierher gekommen, um mit dir zu philosophieren – obwohl du wahrscheinlich Recht hast.«

»Weshalb dann?«

»Es geht um die NAUTILUS«, antwortete Singh. In seiner Stimme war ein ungewohnter, noch größerer Ernst als bisher. »Du darfst in Gegenwart der anderen nicht mehr über sie reden.«

»Warum?«, fragte Mike.

»Ich erkläre es dir, aber nicht jetzt«, antwortete Singh. »Ich kann nicht lange bleiben. Sarn und die anderen trauen mir nicht. Ich will ihr Misstrauen nicht noch mehr schüren.«

»Sie trauen dir nicht? Ich dachte, du bist ihr Anführer?«

»Nur so lange sie es wollen. Und was Sarn angeht, er wollte nicht wirklich. Im Grunde ist er der Anführer dieser Menschen. All das hier hat er geschaffen, weißt du? Die Widerstandsbewegung ist *sein* Werk.«

»Warum führt er sie dann nicht an?«

»Bisher konnte er das nicht«, antwortete Singh. »Bis gestern Morgen war er Mitglied der Kriegerkaste. Er konnte nur im Verborgenen agieren. Jetzt, wo er die Maske fallen gelassen hat, wird er über kurz oder lang sein Recht fordern.«

»Und?«, fragte Mike. »Macht es dir etwa Spaß, den Widerstandskämpfer zu spielen?«

»Natürlich nicht.« Singh wirkte ein bisschen verärgert. Er sah wieder nervös zum Eingang. »Vertrau mir einfach. Rede nicht mehr über die NAUTILUS und wundere dich nicht, wenn ich vielleicht... sonderbare Befehle gebe.«

»Sonderbare Befehle?«

»Ich weiß, wo Chris und Ben sind«, sagte Singh. »Und ich glaube, dass ich auch herausfinden kann, wo sie Trautman hingebracht haben.«

»Dann befreien wir sie!«, sagte Mike impulsiv.

»So einfach ist das nicht«, erwiderte Singh. »Ben und Chris sind in die Eisengruben gebracht worden. Der Weg dorthin ist weit und die Gefangenen werden streng bewacht. Wir brauchen Sarns Hilfe um sie zu befreien. Und die seiner Leute.«

»Und zum Dank willst du sie betrügen«, sagte Mike.

Singh sah ihn eine Sekunde lang ausdruckslos an. Dann sagte er ruhig: »Ich habe befürchtet, dass du so reagierst. Es ist nicht so, wie du glaubst. Ich werde dir alles erklären, aber nicht jetzt. Ich bin schon viel zu lange hier. Schlaf dich jetzt aus und danach überlegen wir, wie wir Chris und Ben befreien.«

»Und was ist mit den anderen?«, fragte Mike. »Juan? Und ...« Er zögerte, fast als hätte er Angst, die Frage ganz auszusprechen. »Serena?«

»Ich weiß es nicht«, sagte Singh. »Vielleicht erfahren wir mehr, wenn wir Chris und Ben befreit haben.«

Er ging. Mike starrte den geschlossenen Vorhang hinter ihm noch lange an. Ein sonderbares Gefühl von Verwirrung machte sich in ihm breit. Natürlich war er immer noch erleichtert, einen seiner Freunde wieder gefunden zu haben. Aber Singh benahm sich ganz und gar nicht so, wie er erwartet hatte.

Und er hatte das sichere Gefühl, dass das noch längst nicht die letzte unangenehme Überraschung sein würde, die auf ihn wartete.

Am nächsten Morgen lernte er die meisten anderen Mitglieder des Widerstandes kennen. Es waren etwa vierzig, vielleicht fünfzig Männer und Frauen – die Unzufriedensten der Unzufriedenen und die wenigen, die den Mut gefunden hatten, sich wenigstens im Geheimen gegen Argos' Tyrannei und die Unterdrückung durch die herrschenden Kaste aufzulehnen.

»Es fällt mir schwer, das zu glauben«, sagte Mike, als Sarn, der ihn gemeinsam mit Singh zu einem reichhaltigen Frühstück erwartet hatte, mit der Aufzählung seiner Verbündeten zu Ende gekommen war.

»Was?«, fragte Sarn. »Dass wir schon so viele sind? Es gibt den Widerstand erst seit einigen Jahren.«

»Ganz im Gegenteil«, antwortete Mike. Er fing einen warnenden Blick Singhs auf, den er aber ignorierte. Sarn war an diesem Morgen wie ausgewechselt: sehr freundlich, gut aufgelegt und ohne die Spur von Misstrauen. Vielleicht war es ja Singh, der zu misstrauisch war, und nicht der Krieger.

»Im Gegenteil?«, fragte Sarn. »Was meinst du damit?«

»Ich habe ein paar Monate hier gelebt«, erinnerte ihn Mike. »Ich meine: Ich habe zwar das meiste davon vergessen, aber ich weiß trotzdem, wie es den Menschen hier geht. Die meisten werden behandelt wie Sklaven!«

»Deshalb haben wir uns zusammengetan«, bestätigte Sarn. »Um die Tyrannei der herrschenden Kaste zu brechen.«

»Wie viele Menschen leben in Lemura?«, fragte Mike.

Sarn blinzelte. »Vielleicht ... zwanzigmal tausend«, sagte er. »Warum?«

»Zwanzigtausend«, sagte Mike. »Und vierzig oder fünfzig davon begehren nur gegen die Tyrannei auf!«

»Nicht alle wagen es, sich uns offen anzuschließen«, sagte Sarn. »Wir haben viele Sympathisanten. Hunderte!«

»Hunderte, von zwanzigtausend!« Mike schüttelte heftig den Kopf. »In meiner Welt wären es tausende, glaub mir.«

»Vielleicht ist deine Welt ja besser als unsere«, antwortete Sarn spitz. »Oder eure Menschen sind tapferer.«

»Bitte!« Singh hob beruhigend die Hände. In Sarns Stimme war plötzlich wieder derselbe scharfe Ton wie am vergangenen Abend. Seine Augen blitzten kampflustig.

»Es hat nichts damit zu tun, welche Welt besser oder schlechter ist, Sarn«, fuhr der Inder fort. »Es ist Argos' Magie. Sie verhindert, dass den Menschen hier ihre Lage auch nur bewusst wird.«

Mike sah Singh überrascht an. Er hätte niemals damit gerechnet, das Wort Magie ausgerechnet aus dem Mund des Inders zu hören. Trotz seiner geschichtsträchtigen Herkunft war der Sikh einer der rationalsten Menschen, die er kannte.

»Meinst du das ... ernst?«, fragte er zögernd. »Ich dachte immer, du glaubst nicht an Zauberei und Magie.«

Singh zuckte mit den Schultern. »Nenn es, wie du willst«, sagte er. »Diese Menschen stammen von den alten Atlantern ab, vergiss das nicht. Die Könige von Atlantis geboten über gewaltige geistige Macht. Denk nur daran, wozu Serena in der Lage war, bevor sie freiwillig auf ihre Kräfte verzichtete.«

Bei der Erwähnung Serenas fuhr Mike heftig zusammen. Er hatte Singhs Warnung nicht vergessen und bisher mit keinem Wort nach Serena gefragt – aber das änderte nichts daran, dass er praktisch ununterbrochen an sie dachte. Trotzdem war seiner Stimme nichts von seinen wahren Gefühlen anzumerken, als er antwortete: »Das war etwas anderes. Nicht einmal Serena wäre in der Lage gewesen, zwanzigtausend Menschen ihren Willen aufzuzwingen. Es muss einen anderen Grund geben.«

»Und um den herauszufinden, bist du hier«, sagte Sarn. »Ich habe nicht das Leben meiner Freunde und mein eigenes riskiert, um mir anzuhören, was du nicht weißt, Mike.«

»Warum dann?«, fragte Mike.

»Das, was du gestern erzählt hast, ist vielleicht der Schlüssel zu Lemuras Freiheit«, antwortete Sarn. »Unser Volk lebt seit zehntausend Jahren hier unten, Mike. In einer Welt ohne Sonne, ohne Licht und ohne Himmel. Wir büßen für Verbrechen, die unsere Urahnen begangen haben. Mit diesem Schiff, von dem du erzählt hast, könnten wir vielleicht von hier entkommen.«

»Der NAUTILUS?«, fragte Mike überrascht.

»So heißt es wohl, ja«, antwortete Sarn. »Ihr seid damit hierher gekommen. Also können wir damit auch weggehen.«

»Dazu müssten wir es erst einmal haben«, mischte Singh sich ein. »Argos' Krieger bewachen es streng. Nicht einmal alle unsere Leute würden ausreichen, um es zu erobern. Ganz davon abgesehen, dass es nichts nutzen würde.«

»Wieso?«, fragte Sarn.

»Die NAUTILUS ist eine äußerst komplizierte Maschine«, antwortete Singh. »Eigentlich braucht sie eine Besatzung von mindestens dreißig Leuten. Wir haben mehr als ein Jahr gebraucht, um ihre Steuerung zu erlernen. Wir brauchen all unsere Freunde um sie zu navigieren. Ben, Trautman, Chris, Juan und Serena.«

Sarn starrte ihn durchdringend an. Dann sagte er geradeheraus: »Das klingt nicht sehr überzeugend.«

Das war es auch nicht. Es war ganz und gar nicht die Wahrheit. Die NAUTILUS war ein Wunderwerk atlantischer Technik. Mike hätte sie im Notfall – wenigstens für eine Weile – ganz allein manövrieren können. Er fragte sich nur, warum Singh Zuflucht zu einer so plumpen Lüge suchte, statt Sarn ganz offen zu sagen, dass ihnen natürlich zuallererst daran gelegen war, ihre Freunde zu retten.

»Wenn du mir nicht glaubst, kannst du ja gerne versuchen, Argos und seine Krieger allein zu überwinden«, sagte Singh kühl.

Sarn setzte zu einer scharfen Antwort an, doch er kam nicht dazu, denn in diesem Moment wurde es draußen in der großen Höhle laut: überraschte Rufe und Schreie drangen zu ihnen herein, das Trappeln hastiger Schritte – und dann flog der Vorhang auf und etwas Kleines, Schwarzes mit struppigem Fell flitzte zu ihnen herein, unmittelbar gefolgt von drei Männern mit gezückten Waffen und ziemlich erschrockenen Gesichtern.

»Um Gottes willen, nicht!«, keuchte Mike. Blitzschnell sprang er auf und stellte sich mit schützend ausgebreiteten Armen zwischen Astaroth und die drei Männer.

Astaroth fauchte. Einer der Krieger wich erschrocken zurück, aber die beiden anderen kamen drohend näher. Hinter ihnen waren mindestens ein Dutzend schreckensbleicher Gesichter im Eingang aufgetaucht.

»Halt!«, sagte Sarn.

Seine Stimme war nicht einmal besonders laut, aber was Mikes verzweifelter Schrei nicht bewirkt hatte, das gelang ihm: Die beiden Männer senkten ihre Waffen zwar nicht, blieben aber wenigstens stehen. Ihre Blicke irrten unsicher zwischen Sarn und dem drohend fauchenden einäugigen Kater hin und her.

Sarn wandte sich an Mike und deutete auf Astaroth. »Ist das das Felltier, von dem der Aufseher gesprochen hat?«

»Das ist Astaroth«, bestätigte Mike. »Er gehört zu uns.«

Sarn wirkte nicht überzeugt. Aber nach einigen weiteren Sekunden nickte er widerstrebend und drehte sich wieder zu den Männern um. »Es ist gut. Ihr könnt gehen. Das Tier ist harmlos.«

Wenn er mich noch einmal Tier *nennt, dann bringe ich ihm eine völlig neue Definition des Wortes* harmlos *bei,* grollte Astaroths lautlose Stimme in Mikes Kopf.

»Das hat er nicht so gemeint«, antwortete Mike. »Er weiß nicht, wer du bist. Niemand hier hat ein Wesen wie dich je gesehen.«

Dann sollten sie sich an den Anbl –, begann Astaroth, hob mit einem Ruck den Kopf und fuhr dann in erschrockenem Ton fort: *Jemand kommt. Männer! Sie haben Waffen!*

Mike erschrak so heftig, dass seine Reaktion auch Sarn nicht verborgen blieb. »Was hast du?«, fragte er.

»Argos!«, sagte Mike. »Seine Krieger sind auf dem Weg hierher!«

Sarns Augen wurden groß. »Woher willst du das wissen? Doch nicht etwa von diesem ... Tier?« Er versuchte zu lachen, aber es klang nicht sehr überzeugend.

»Astaroth sagt die Wahrheit«, sagte Mike. »Sie müssen jeden Moment hier sein. Ihr müsst verschwinden! Gibt es einen zweiten Ausgang?«

»Dutzende«, antwortete Sarn. Er fragte Mike nicht noch einmal, woher er seine Information hatte. Vielleicht war es der Ernst in Mikes Stimme gewesen, der ihn überzeugte. »Gut. Wir verschwinden. Singh – wir treffen uns im Kristallwald. Schnell jetzt!«

Mike blieb gar keine Zeit mehr, noch etwas zu sagen. Sarn fuhr bereits herum und stürzte aus dem Raum und auch Singh wurde plötzlich sehr hektisch: Er trat an sein Bett, griff mit beiden Händen danach und warf es kurzerhand um. Darunter kam ein finsterer Schacht zum Vorschein, aus dem das Ende einer roh gezimmerten Leiter ragte.

»Dort hinunter!«, sagte er. »Schnell!«

Niemals!, kreischte Astaroth entsetzt. *Da geh ich nicht runter! Da gibt es Viecher, die beißen und kneifen!*

Mike drehte sich herum, griff nach dem Kater und klemmte ihn sich einfach unter den Arm. Astaroth begann ihn in Gedanken auf unflätigste Art zu beschimpfen, aber Mike achtete gar nicht darauf, sondern wirbelte abermals herum und begann hinter Singh in die Tiefe zu klettern, so schnell er nur konnte.

Wie sich herausstellte, hatten sowohl Sarn als auch Astaroth Recht gehabt: Es gab unter der Höhle ein wahres Labyrinth von Stollen und Gängen, durch das sie entkommen konnten, und es wimmelte nur so von unterschiedlich großen, unterschiedlich hässlichen und unterschiedlich aggressiven Kreaturen, die darin zu wetteifern schienen, sie ununterbrochen zu stechen und zu beißen. Sie waren nicht so gefährlich wie die Mörderkrabben, denen die Krieger auf der untersten Ebene zum Opfer gefallen waren, aber sie sorgten doch dafür, dass sie sich keine Sekunde der Ruhe gönnen konnten.

Mike fragte sich bald vergeblich, wie Singh es schaffte, in dem ungeheuerlichen Durcheinander aus Gängen und Höhlen nicht die Orientierung zu verlieren. Er selbst hätte schon nach wenigen Schritten nicht einmal gewusst, aus welcher Richtung sie gekommen waren, geschweige denn, wohin sie gehen sollten. Singh schien jedoch auf die gleiche, schon fast magische Weise seinen Weg zu finden wie Sarn am Tag zuvor.

Er schätzte, dass sie ungefähr eine Stunde durch das unterirdische Labyrinth geirrt waren, ehe es vor ihnen endlich wieder hell wurde: ein blasser, grüner Schein, der kaum heller war als der der Leuchtalgen, die die Wände in unregelmäßigen Flecken bedeckten, und kaum etwas mit dem gemein hatte, was Mike unter dem Wort Tageslicht verstand. Singh jedoch schien es als solches zu deuten, denn er atmete erleichtert auf und beschleunigte seine Schritte, gab Mike jedoch gleichzeitig mit Gesten zu verstehen, dass er zurückbleiben und auf ihn warten sollte.

Während Singh sich mit schnellen Schritten dem Felsspalt näherte, durch den das Tageslicht hereindrang, ließ sich Mike erschöpft auf einen Stein sinken. Astaroth sprang neben ihn und begann all die zahlreichen winzigen Wunden und Schrammen zu lecken, die er im Verlaufe der letzten Stunde davongetragen hatte; wesentlich mehr übrigens als Mike und Singh. Manchmal hatte es gewisse Nachteile, kurze Beine zu haben und dem Boden und seinen bissigen Bewohnern damit besonders nahe zu sein.

Du könntest mich ruhig ein bisschen bedauern, nörgelte Astaroths telepathische Stimme in seinem Kopf. *Diese Biester haben mich fast aufgefressen!*

»Geschieht dir Recht«, antwortete Mike, dessen Mitgefühl sich tatsächlich in engen Grenzen hielt. »Du hättest uns ruhig ein bisschen früher warnen können. Dann hätten wir vielleicht Zeit gehabt, auf einem anderen Weg zu verschwinden.«

Astaroth hörte auf sich zu putzen und funkelte ihn aus seinem einzigen Auge wütend an. *Witzbold!,* fauchte er. *Es war schwer genug, euch zu finden. Euer Versteck war ziemlich gut.*

»Offensichtlich nicht gut genug«, antwortete Mike. »Sonst hätten Argos' Leute uns nicht aufgespürt. Ich verstehe nicht, wie sie uns aufspüren konnten! Hier unten ist genug Platz, um eine ganze Armee zu verstecken!«

Ganz einfach, antwortete Astaroth. *Ihr habt einen Verräter unter euch.*

»Wie?«, fragte Mike ungläubig.

Es ist die Wahrheit, antwortete Astaroth. *Ich habe ein paar der Krieger belauscht. Von ihnen habe ich überhaupt erst erfahren, wo ihr seid.*

»Wer ist es?«, fragte Mike.

Astaroth versuchte ein menschliches Achselzucken nachzuahmen. Es war nicht das erste Mal, dass er das versuchte, und das Ergebnis fiel auch diesmal so lächerlich aus wie zuvor. *Woher soll ich das wissen?*

»Was soll das heißen: Woher soll ich das wissen?«, wiederholte Mike. »Ich denke, du kannst Gedanken lesen?«

Hmm, machte Astaroth.

»Hmm?« Mikes Geduld war endgültig erschöpft. Wütend griff er nach dem Kater, packte ihn mit beiden Händen und schüttelte ihn wild. »Jetzt hör endlich auf den Geheimnisvollen zu spielen und erzähl mir gefälligst, was hier vorgeht!«

Es wäre Astaroth ein Leichtes gewesen, sich aus Mikes Griff zu befreien. Aber er tat es nicht, sondern beschränkte sich nur darauf, sich mit den Hinterläufen abzustemmen, damit seine Zähne nicht aufeinander schlugen.

Ich spiele nicht den Geheimnisvollen, protestierte er. *Ich habe meine eigenen Probleme. Verdammt, es war schwer genug, dich zu finden! Was glaubst du wohl, warum ich erst nach drei Monaten aufgetaucht bin!*

Mike ließ den Kater überrascht los. »Wie ... meinst du das?«

Astaroth antwortete nicht gleich, sondern brachte sich hastig aus Mikes Reichweite und beäugte ihn misstrauisch. *Früher warst du nicht so grob zu mir!,* beschwerte er sich.

»Früher waren auch nicht alle meine Freunde verschwunden und die NAUTILUS in den Händen eines verrückten Tyrannen«, antwortete Mike – allerdings in nicht annähernd so zornigem Ton, wie er eigentlich vorgehabt hatte. Ganz im Gegenteil meldete sich sein schlechtes Gewissen. Astaroth hatte Recht:

Er war nie zuvor handgreiflich gegenüber dem Kater geworden.

Die Wahrheit ist, dass ich keine Gedanken mehr lesen kann, sagte Astaroth plötzlich.

»Wie?«, fragte Mike erschrocken.

Irgendetwas hier in Lemura nimmt mir meine Fähigkeiten, bestätigte Astaroth zerknirscht. *Es ist wie damals auf der Insel. Ich kann die Gedanken der Leute hier ebenso wenig lesen, wie ich die Argos' lesen konnte. Selbst bei dir habe ich Mühe. Ich kann dich nur verstehen, wenn ich nahe genug bin.*

»Deshalb weißt du auch nicht, wo die anderen sind«, sagte Mike leise.

Ja. Ich habe versucht, Serena zu finden, aber es ist mir nicht gelungen. Danach habe ich mich auf die Suche nach dir gemacht. Es war verdammt schwer. Du hast es ja selbst gesagt: Die Leute hier haben ein Wesen wie mich noch nie zuvor gesehen. Ich musste sehr vorsichtig sein.

»Du hast wirklich keine Ahnung, wo Serena ist?«, fragte Mike.

Wenn ich die hätte, wäre ich nicht hier, sondern bei ihr, antwortete Astaroth patzig. *Aber ich nehme an, dass Argos sie irgendwo in seinem Palast gefangen hält.*

»Du hast dich nicht davon überzeugt?«

Ich komme nicht hinein, gestand Astaroth kleinlaut. *Frag mich bloß nicht, wieso. Jedes Mal, wenn ich versuche, mich ihm auch nur zu nähern ... kann ich es einfach nicht.*

Singh kam zurück. »Die Luft ist rein«, sagte er. »Aber es gibt schlechte Neuigkeiten. Offenbar sind nicht alle entkommen. Ich habe eine Gruppe Krieger gesehen, die Gefangene in Richtung Palast gebracht haben.«

»War Sarn bei ihnen?«, fragte Mike erschrocken.

Singh hob die Schultern. »Das konnte ich nicht erkennen. Ich verstehe einfach nicht, wie sie uns aufspüren konnten. Sarns Leute benutzen dieses Versteck seit einem Jahr!«

»Es gibt einen Verräter unter ihnen«, sagte Mike. »Astaroth hat es mir erzählt.«

Singh blickte den Kater erschrocken an. »Bist du sicher? Konntest du seinen Namen heraus ...« Plötzlich stockte er und machte eine wegwerfende Handbewegung. »Wir können später darüber nachdenken. Lass uns jetzt gehen. Der Weg bis zum Kristallwald ist ziemlich weit.«

Zumindest in dieser Hinsicht hatte Singh übertrieben. Es lag in der Natur Lemuras, dass nichts hier wirklich weit war, und sie hatten sich, während sie durch das unterirdische Labyrinth wanderten, bereits wieder ein gutes Stück von der Stadt entfernt. Sie brauchten jedoch weit mehr als zwei Stunden, um zu ihrem Ziel zu gelangen, denn die Zeit war gegen sie: Nach der Zeitrechnung Lemuras musste es ungefähr Mittag sein, was bedeutete, dass sie die meiste Zeit in Gebüsche gekauert oder hinter Felsen geduckt dahockten, um nicht entdeckt zu werden. Als sie den Kristallwald endlich erreichten, war der mit Sarn verabredete Zeitpunkt längst vorbei. Weder von Sarn noch von irgendeinem der anderen, die sie unten in den Höhlen getroffen hatten, war auch nur eine Spur zu sehen.

»Ob sie alle erwischt haben?«, fragte Mike niedergeschlagen.

»Ich hoffe nicht«, antwortete Singh. Dann schüttelte er den Kopf und sagte lauter und in überzeugterem Ton: »Ich glaube es nicht. Bei den Kriegern, die ich gesehen habe, waren nur einige wenige Gefangene. Die meisten sind bestimmt entkommen. So leicht lässt sich ein Mann wie Sarn nicht einfangen. Wartet hier. Ich sehe mich ein wenig in der Umgebung um. Und gebt Acht, dass euch niemand sieht.«

Mike nickte. Astaroth und er zogen sich in den Schutz eines Gebüsches zurück, während Singh mit schnellen Schritten verschwand, um nach Sarn oder einem der anderen Entkommenen zu suchen.

Mike sah sich mit klopfendem Herzen um. Nach Sarns Worten hatte er sich unter diesem Wald etwas gänzlich anderes vorgestellt. Er wusste nicht, was – ganz gewiss keinen Wald, der wirklich aus Kristallen bestand –, aber irgendetwas Besonderes eben. Das kleine Waldstück, in dem sie sich befanden, sah jedoch ganz normal aus.

»Warum man es wohl Kristallwald nennt?«, murmelte Mike.

Er bekam keine Antwort, aber ihm fiel auf, dass Astaroth nicht einmal in seine Richtung sah. Und das, obwohl der Kater normalerweise nie eine Gelegenheit ausließ, um eine seiner gehässigen Bemerkungen loszulassen. Er saß einfach da, leckte sich die Vorderpfoten und tat so, als wäre Mike gar nicht da.

»Astaroth?«, fragte Mike.

Astaroth reagierte nicht.

»Habe ich dich irgendwie beleidigt?«, fragte Mike.

Astaroth reagierte immer noch nicht. Seine Ohren zuckten, aber er fuhr seelenruhig fort, sich die Pfoten zu lecken. Irgendetwas stimmte nicht mit ihm. Mike beugte sich vor, streckte die Hand nach dem Kater aus und berührte ihn vorsichtig am Kopf.

Astaroth fauchte erschrocken, prallte mit einem Satz zurück und schlug nach ihm. Seine Krallen hinterließen lange, blutige Kratzer auf Mikes Hand.

»Au!«, schrie Mike – allerdings weit mehr überrascht als wirklich zornig. Trotzdem fügte er noch hinzu: »Bist du verrückt geworden?«

Er sprang hoch, machte einen Schritt auf Astaroth zu und blieb wieder stehen, als der Kater einen Buckel machte und fauchend vor ihm zurückwich. Astaroths Auge funkelte und er hatte die Krallen drohend ausgefahren.

Mikes Verwirrung verwandelte sich in jähen Schrecken, dann in Besorgnis. Astaroth benahm sich wie ausgewechselt. Es war, als ob der Kater nicht einmal mehr wusste, wer er war!

»Astaroth!«, murmelte er. »Was ist denn mit dir los?«

Er bekam keine Antwort. Astaroth fauchte nur noch einmal, dann fuhr er herum und verschwand wie der Blitz im Unterholz. Mike blickte ihm vollkommen verstört hinterher.

Singh kam aus der entgegengesetzten Richtung herangestürmt. Auf seinem Gesicht lag ein erschrockener Ausdruck und er hatte die Hand auf das Schwert gelegt. »Was ist los?«, rief er. »Du hast geschrien! Was ist passiert?«

»Astaroth.« Mike streckte dem Inder den rechten Arm entgegen. Auf seinem Handrücken prangten drei frische, blutige Schrammen. »Er ist plötzlich einfach auf mich losgegangen!«

»Er hat dich angegriffen?«, fragte Singh ungläubig. »Astaroth?«

»Er ist vollkommen durchgedreht!« Mike presste die schmerzende Hand gegen die Seite. »Und zwar vollkommen grundlos ... Hast du Sarn oder einen der anderen gesehen?«

Singh schüttelte den Kopf. »Nein. Und wir sollten auch nicht länger hier bleiben. Dieser Ort gefällt mir nicht.«

Mike konnte ihm nicht widersprechen. Der Dschungel ringsum war so dicht, dass nicht einmal daran zu denken war, Astaroth zu folgen. Außerdem wusste er aus langjähriger Erfahrung, was für ein sinnloses Unterfangen es war, den Kater zu suchen. Wenn Astaroth nicht gefunden werden wollte, dann *wurde* er nicht gefunden. Trotzdem fragte er: »Und ... Astaroth?«

Singh zuckte mit den Schultern. »Er wird uns schon finden. Komm jetzt!«

Sie verließen den kleinen Hain und näherten sich vorsichtig wieder der Straße, von der sie abgebogen waren. Nach einigen Schritten blieb Mike jedoch noch einmal stehen und sah zurück. Aus der Entfernung betrachtet wirkte der Kristallwald noch unheimlicher als aus der Nähe. Es war, als ob ein unsichtbarer Schatten über den Bäumen hing; etwas, was nicht zu sehen, aber sehr deutlich zu spüren war.

»Mach dir keine Sorgen«, sagte Singh. »Dein Kater kommt schon zurück, wenn er sich beruhigt hat.«

Mike sah den Inder verwirrt an, aber dann schüttelte er den Kopf. »Das meine ich nicht«, sagte er. »Aber irgendetwas stimmt mit diesem Wald nicht.«

»Was soll damit nicht stimmen?«, fragte Singh.

»Aber spürst du es denn nicht?«, fragte Mike. »Da ist irgendetwas. Ich fühle mich in seiner Nähe einfach nicht wohl.«

Singh machte eine wegwerfende Geste. »Ich fühle mich in ganz Lemura nicht wohl«, sagte er. »Je schneller wir hier wegkommen, desto besser.« Er machte eine Handbewegung zu dem künstlichen, in sanftem Grün schimmernden Himmel über ihnen. »Der Druck von viertausend Metern Wasser lastet auf dieser Kuppel. Irgendwann wird sie zusammenbrechen. Und dann möchte ich möglichst weit weg sein.«

»Zusammenbrechen? Wie kommst du darauf? Sie steht seit zehntausend Jahren.«

»Und das sind wahrscheinlich neuntausend mehr, als ihre Konstrukteure vorgesehen haben«, antwortete Singh. Er schüttelte heftig den Kopf, als Mike widersprechen wollte, und fuhr mit erhobener Stimme fort: »Lemura ist dem Untergang geweiht, Mike. Die Kuppelstadt ist ein technisches Wunderwerk, zu dem unsere Zivilisation niemals in der Lage wäre, aber auch ihr sind Grenzen gesetzt. Und ihre Grenzen sind erreicht, Mike, schon seit langer Zeit. Lemura wird untergehen. Vielleicht in einem Jahr, vielleicht auch erst in fünf, vielleicht aber auch schon morgen.«

Mike war verwirrt – nicht einmal so sehr über das, was Singh sagte, sondern über die Art, *wie* er es tat. Der Inder war über die Maßen erregt.

»Du weißt eine Menge über Lemura«, sagte er vorsichtig.

»Ich habe lange mit Argos gesprochen«, antwortete Singh.

»Wann?«

»Auf dem Weg hierher«, antwortete Singh. »Er hat mich ein paar Mal zu sich gerufen, während du und die anderen in euren Kabinen gefangen wart. Wir haben lange miteinander geredet.

Er hat versucht, mich von seiner Sache zu überzeugen ... Ich weiß nicht, warum gerade mich. Vielleicht weil er glaubte, mich am ehesten überzeugen zu können.«

»Und wieso?«

Singh hob die Schultern. »Vielleicht, weil ich *ich* bin«, sagte er. »Es ist noch nicht so furchtbar lange her, da war auch ich ein Sklave – ganz wie die meisten Menschen hier.«

»Man könnte fast glauben, es wäre ihm gelungen«, sagte Mike leise.

Singh lächelte. »Kaum. Allerdings bin ich nicht mehr der Meinung, dass er und die anderen wirklich so blutrünstige Ungeheuer sind, wie Sarn und viele hier glauben.«

»Das ist doch nicht dein Ernst!«, empörte sich Mike. »Ich habe als Sklave in den Korallenbrüchen gelebt! Ich habe am eigenen Leib gespürt, wie wenig ein Menschenleben hier zählt!«

»Es ist die einzige Art, auf die sie überleben können, Mike«, sagte Singh ernst.

»Wie bitte?«, keuchte Mike. »Du ... du *verteidigst* diese Kerle auch noch?«

»Keineswegs«, antwortete Singh ruhig. »Ich versuche nur, es dir zu erklären. Lemura war niemals für so viele Menschen gedacht und niemals für eine so lange Zeit. Als der Nachschub aus Atlantis ausblieb, da wären die Menschen hier beinahe alle gestorben. Sie mussten lernen, mit dem zu leben, was die Natur hier unten bietet. Was nicht viel war.«

»So kann man es auch sehen«, sagte Mike düster. »Und die herrschende Klasse hat rasch gelernt, es sich auf Kosten der anderen gut gehen zu lassen, nicht wahr?«

»Ja«, bestätigte Singh. »Und das müssen sie auch.«

Mike riss ungläubig die Augen auf. »Wie?«

»Es sind nur wenige«, sagte Singh. »Aber die wenigen entscheiden über das Weiterleben oder Sterben aller. Sie sind die Einzigen, die noch mit der alten Technik umgehen können. Ohne Argos und die anderen, die im Palast leben, würden alle hier binnen kürzester Zeit zu Grunde gehen.«

»Das gibt ihnen doch nicht das Recht –«

»Es ginge keinem hier wesentlich besser, wenn es die herrschende Kaste nicht gäbe«, fiel ihm Singh ins Wort. »Und sie sind nicht nur Ausbeuter und Tyrannen. Warum, glaubst du wohl, haben Argos und die anderen Lemura verlassen und ihr eigenes Leben dabei aufs Spiel gesetzt?«

»Du hast es vorhin selbst gesagt: Lemura wird untergehen.«

»Sie hätten nicht zurückkommen müssen«, fuhr Singh fort. »Sie haben fast alles, was von Lemuras alter Technik noch übrig war, aufgewandt, um an die Meeresoberfläche zu gelangen. Aber nicht, um ihre eigenen Leben zu retten, sondern um eine Möglichkeit zu finden, wie alle Menschen von hier fortkommen können!«

»Die Flugscheibe«, murmelte Mike.

»Anfangs, ja«, antwortete Singh. »Aber dann trafen sie uns. Deshalb haben sie uns die NAUTILUS weggenommen, Mike: Um mit ihrer Hilfe die Menschen von hier wegzubringen.«

»Und warum haben sie uns nicht einfach um Hilfe gebeten?«, fragte Mike. »Wir hätten es doch getan!«

»Das musst du Argos und die anderen fragen«, antwortete

Singh. »Ich habe ihm dasselbe gesagt, aber er hat mir nicht geglaubt.« Er zuckte mit den Schultern.

»Was ist los mit dir, Singh?«, fragte Mike. »Wieso ... verteidigst du Argos und die anderen plötzlich? Du ... du bist ja gar nicht mehr du selbst!«

»Vielleicht habe ich angefangen, über gewisse Dinge nachzudenken«, antwortete Singh hart. »Wenn dir das nicht gefällt, sag es einfach. Ich kann gerne wieder dein Sklave sein wie früher.«

Mike war vollkommen fassungslos. Früher, lange bevor sie die NAUTILUS gefunden und damit ihr neues, abenteuerliches Leben begonnen hatten, war Singh tatsächlich sein Diener und Leibwächter gewesen. Aber er hatte ihn niemals als Dienstboten behandelt oder gar als *Sklaven!* Singhs Worte entbehrten nicht nur jeder Grundlage, sie taten weh. Mike antwortete nicht darauf, sondern drehte sich wortlos herum und starrte zu Boden.

Hinter ihm raschelte etwas. Mike hob den Blick und erwartete Astaroth wieder zu sehen, der sich möglicherweise beruhigt hatte und zurückkam. Statt des Katers jedoch stand plötzlich Sarn wie aus dem Boden gewachsen vor ihnen.

»Das war ein äußerst interessanter Vortrag«, sagte er an Singh gewandt. »Ich beginne mich allmählich zu fragen, ob unser Anführer nicht in Wirklichkeit auf der Seite unserer Feinde steht.«

Singh funkelte ihn zornig an, antwortete aber zu Mikes Überraschung nicht darauf, sondern sagte stattdessen: »Wo warst du so lange?«

»Oh, ich bin schon eine ganze Weile hier«, antwortete Sarn. »Ich dachte mir, dass es vielleicht nicht das Dümmste wäre, einmal zuzuhören, was du und dein Freund zu bereden haben, wenn ihr glaubt, alleine zu sein. Wie sich gezeigt hat, zu Recht. Und wir haben dir vertraut!«

»Ich habe euch nie versprochen –«, begann Singh, aber Sarn hörte ihm gar nicht mehr zu, sondern wandte sich an Mike.

»War das die Wahrheit, was du gerade zu ihm gesagt hast?«, fragte er.

»Was?«

»Dass ihr Argos und den anderen geholfen hättet, von hier zu entkommen?«

»Selbstverständlich«, antwortete Mike.

Sarn zögerte. Er warf einen raschen, unsicheren Blick in Singhs Richtung, ehe er fortfuhr: »Würdet ihr dasselbe auch ... auch für uns tun, wenn wir euch darum bitten würden?«

»Sogar, wenn ihr uns *nicht* darum bitten würdet«, sagte Mike überzeugt.

»Versprich nichts, was du nicht halten kannst«, sagte Singh. »Wie stellst du dir das vor? Willst du zwanzigtausend Menschen an Bord der NAUTILUS schaffen? Dazu ist sie ein bisschen zu klein.«

»Dann fahren wir eben mehrmals«, antwortete Mike verärgert. Was war nur mit Singh los?

»Ach, und wie oft? Zehnmal? Zwanzigmal?«

»Wenn es sein muss, fünfzigmal!«, erwiderte Mike wütend. »Wir werden schon einen Weg finden! Was ist los mit dir, Singh? *Willst* du diesen Leuten hier nicht helfen?«

»Ich will vor allem keine falschen Hoffnungen erwecken!«, antwortete Singh in ungewohnt scharfem Ton. »Was du vorhast, ist unmöglich!«

»Wieso?«, fragte Sarn.

»Was Mike vorschlägt, ist nicht zu schaffen«, antwortete Singh. »Es hat nichts damit zu tun, ob wir euch helfen wollen oder nicht. Es geht nicht. Die NAUTILUS ist nicht groß genug, um auch nur einen Bruchteil der Bewohner Lemuras an Bord zu nehmen. Und wir können nicht zehnmal fahren. Du wirst es wahrscheinlich nicht verstehen, aber eure Welt liegt auf dem Grunde des Meeres. Der Wasserdruck in dieser Tiefe ist unvorstellbar. Es ist ein Wunder, dass die NAUTILUS es einmal hier herunter geschafft hat!«

»Und wer sagt dir, dass –«, begann Sarn.

Er kam nicht weiter. Irgendetwas ... Gewaltiges geschah. Mike spürte es den Bruchteil einer Sekunde, bevor es wirklich passierte. Einen Moment später begann der Boden unter ihren Füßen zu zittern und dann ertönte ein unheimliches, knirschendes Geräusch, ein Laut, als führe der größte Fingernagel der Welt über eine noch viel größere Glasscheibe.

Und es kam von *oben!*

Mike, Singh und der Krieger warfen erschrocken die Köpfe in den Nacken. Der Anblick, der sich ihnen bot, ließ Mike das Herz stocken.

Der künstliche Himmel über ihnen ... bewegte sich!

Die gesamte, riesenhafte Kuppel hatte zu zittern begonnen. Teile des ungeheuerlichen Gebildes schoben sich knirschend gegeneinander, bewegten sich hin und her und dann entstand im Zenit des künstlichen Himmelsgewölbes ein scheinbar haarfeiner Riss, aus dem rauchiger Dunst quoll.

Mike hatte jedoch keine Sekunde lang die Dimension der Kuppelstadt vergessen. Der künstliche Himmel befand sich mehrere Kilometer über ihnen. Was wie ein haardünner Riss aussah, musste in Wahrheit ein meterbreiter Spalt sein, durch den das Wasser mit unvorstellbarer Gewalt hereindrang. Singhs Prophezeiung hatte sich schneller erfüllt, als er vermutlich selbst geahnt hatte. Die Kuppel über Lemura brach zusammen und der Ozean strömte herein!

»Großer Gott!«, flüsterte Mike. »Sarn! Die Kuppel!«

»Warte«, sagte Sarn. Er wirkte angespannt, aber eigentlich nicht in Panik. Er schien nicht einmal wirklich Angst zu haben.

Mike sah wieder nach oben. Was im ersten Moment wie grauer Dunst ausgesehen hatte, war mittlerweile zu einer Sturzflut aus Meereswasser geworden, die sich in der Kuppel verteilte und zu eisigem Regen wurde, ehe sie den Boden erreichte.

Dann jedoch geschah etwas, was Mike noch viel unglaublicher erschien. Der unvorstellbare Wasserdruck, der in dieser Tiefe herrschte, hätte den Riss binnen Sekunden erweitern und die Kuppel zerbersten lassen müssen. Doch das genaue Gegenteil geschah: Vor Mikes ungläubig aufgerissenen Augen begann sich der Riss zu schließen und der Wasserstrom versiegte!

»Aber ... aber wie ist denn das möglich?«, stammelte Mike. Sein Herz jagte und er zitterte am ganzen Leib. Auch wenn es ihm nicht bewusst gewesen war, so hatte er doch in den letzten Sekunden innerlich praktisch mit dem Leben abgeschlossen.

»Die Kuppel repariert sich selbst«, sagte Singh leise. »Ich sagte dir doch: Die Technik der alten Atlanter war der unseren grenzenlos überlegen. Wäre es anders, hätte die Kuppelstadt kaum zehntausend Jahre lang existiert.«

»Soll das heißen, dass das schon öfter passiert ist?«, fragte Mike.

»Dreimal allein, seit ich hier bin«, antwortete Singh.

»Das stimmt«, fügte Sarn leise hinzu. »Und es wird jedes Mal schlimmer.«

»Das ist es, was ich meine«, sagte Singh. Er zögerte eine Sekunde weiterzusprechen, und als er es schließlich tat, klang seine Stimme hörbar härter und er sah demonstrativ an Sarn vorbei. »Lemura ist zum Untergang verurteilt und keine Macht der Welt kann daran noch etwas ändern. Auch du nicht.«

»Vielleicht stimmt es«, murmelte Sarn nach einer Weile. Seufzend ließ er sich neben Mike auf einen Felsen sinken und starrte ins Leere. »Wir wussten immer, dass Lemura eines Tages untergehen wird. Aber natürlich haben wir gedacht, dass es *irgendwann* einmal geschehen würde. In der nächsten Generation oder der übernächsten ... nur nicht jetzt.«

Er seufzte erneut, legte den Kopf in den Nacken und sah zu der Stelle im Kuppeldach empor, an der das Wasser eingebrochen war. Der Sprühregen aus Salzwasser hatte wieder aufgehört, aber Mike glaubte plötzlich so deutlich wie nie zuvor das Gewicht der Millionen und Abermillionen Tonnen Wasser zu spüren, das darauf lastete.

»Es sieht so aus, als hätten wir uns geirrt«, murmelte Sarn.

Die Worte machten Mike wütend, auch wenn er im ersten

Moment selbst nicht genau wusste, warum. »Wenn du wirklich so denkst, dann frage ich mich, warum du das alles überhaupt getan hast!«, sagte er scharf. »Warum bist du nicht einfach der Krieger der Palastwache geblieben, der du warst, und hast auf den Tag gewartet, an dem euch der Himmel auf den Kopf fällt?«

Sarn blinzelte. Mikes Zornesausbruch irritierte ihn sichtlich. Aber er sagte nichts.

Nach einer Weile erhoben sie sich schweigend und gingen.

Für mehr als eine Stunde bewegten sie sich in die Richtung zurück, aus der Mike und Sarn vor zwei Tagen gekommen waren, und Mike begann sich schon zu fragen, ob der Krieger ihn vielleicht wieder geradewegs in die Korallenbrüche zurückbringen würde, in denen alles begonnen hatte. Dann aber wich Sarn in nahezu rechtem Winkel von seinem Kurs ab und nach kurzer Zeit standen sie vor einer gewaltigen, lotrecht in die Höhe strebenden Felswand, die sich nahezu am Rande der Kuppelstadt befinden musste.

»Was ist das hier?«, fragte Mike.

»Die Eisengruben.« Es war Singh, der antwortete, nicht Sarn. Er klang ein bisschen verwirrt, aber auch besorgt. Mit einer Handbewegung auf den Boden fuhr er fort: »Sie schürfen dort unten nach Eisenerz und anderen Metallen. Es ist ziemlich gefährlich dort unten.« Er wandte sich an Sarn. »Warum hast du uns hierher gebracht?«

»Weil eure Freunde hier sind«, antwortete Sarn. »Ben und Juan ... das waren doch ihre Namen, oder?«

Singh nickte verblüfft. »Ja. Aber woher weißt du ... ?«

»Ich war Mitglied der Palastwache, schon vergessen?«, antwortete Sarn achselzuckend. »Es gibt nicht viele Geheimnisse in Argos' Palast. Ich wusste die ganze Zeit über, wo sie waren.«

»Und warum hast du dann mich befreit statt der anderen?«, wollte Mike wissen.

»Weil es einfacher war«, sagte Singh an Sarns Stelle. »In den Eisengruben arbeiten nur Sklaven oder verurteilte Schwerverbrecher. Sie werden streng bewacht. Es ist beinahe unmöglich, hineinzukommen.«

»Und noch schwerer wieder hinaus«, fügte Sarn grimmig hinzu. »Aber wir werden es schaffen.«

»Was?«, fragte Singh.

»Eure Freunde zu befreien«, antwortete Sarn. »Aus diesem Grund sind wir doch hergekommen, oder?«

»Natürlich«, sagte Singh. »Aber dort hinunterzugehen ist Wahnsinn. Es wimmelt von Kriegern und bewaffneten Posten!«

»Ein kleines Risiko müssen wir schon eingehen«, sagte Sarn spöttisch. Er hob die Hand, als Singh auffahren wollte. »Nur keine Angst. Ich kenne einen Weg, auf dem wir zumindest ungesehen hineinkommen.«

»Wie beruhigend«, sagte Singh höhnisch. »Und über das Hinaus machen wir uns Gedanken, wenn es so weit ist, wie?«

»Ganz genau«, bestätigte Sarn. »Und jetzt sucht euch irgendwo ein Versteck. Ich muss für eine oder zwei Stunden fort. Das Beste wird sein, wenn ihr ein wenig zu schlafen versucht.«

Und damit verschwand er mit schnellen Schritten im Unterholz, noch bevor Singh oder Mike Gelegenheit fanden, auch nur eine weitere Frage zu stellen.

Es erwies sich als nicht besonders schwer, in dem dichten Unterholz einen Platz zu finden, von dem aus sie ihre Umgebung im Auge behalten konnten, ohne selbst sofort gesehen zu werden. Die Lichtung war klein; trotzdem setzte sich Singh so weit von ihm entfernt hin, wie es nur ging, und wich auch seinem Blick aus und Mike bekam ein weiteres Mal Gelegenheit, darüber nachzudenken, wie sehr sich Singh doch verändert hatte. Und er fragte sich nicht zum ersten Mal, ob sich diese Veränderung wohl jemals wieder rückgängig machen lassen würde.

Neben ihm raschelte etwas. Mike fuhr erschrocken zusammen, doch zu seiner Erleichterung war es weder eine Raubkrabbe noch irgendein anderes lemurisches Ungeheuer aus dem Unterholz, sondern eine pechschwarze, einäugige Katze.

»Astaroth!«, rief er überrascht. »Wo kommst du denn her?!«

Der Kater funkelte ihn aus seinem einzigen Auge an. *Na du machst mir Spaß!,* nörgelte er. *Erst lasst ihr zwei Tölpel mich mutterseelenallein im Nichts zurück und dann meckerst du auch noch! Wenn du glaubst, dass ich das komisch finde, dann irrst du dich!*

»Wie?«, fragte Mike.

Tu nicht noch so unschuldig, maulte Astaroth. *Dein Humor war auch schon mal komischer.*

Mike starrte den schwarzen Kater total verdattert an. Im allerersten Moment hatte er geglaubt, dass Astaroth ihn auf den Arm nehmen wollte, aber die Entrüstung des Katers wirkte echt. Trotzdem sagte er: »Moment mal! *Du* bist einfach weggelaufen, als wir im Kristallwald waren!«

Weggelaufen? Ich?! Astaroth fauchte ärgerlich. *Da hört sich doch alles auf. Ihr zwei seid einfach verschwunden und ich habe bis jetzt gebraucht, um euch wieder zu finden! Und jetzt machst du dich auch noch über mich lustig?!*

Mike sagte jetzt nichts mehr. Offenbar hatte Astaroth den Zwischenfall im Kristallwald einfach vergessen. Singh war wohl nicht der Einzige hier, der sich sonderbar benahm. Und schließlich hatte Astaroth ihm ja schon zuvor gesagt, dass seine telepathischen Kräfte hier unten in Lemura nicht besonders gut funktionierten.

Die nächste Überraschung stand ihm auch unmittelbar bevor. Mike ließ sich zurück gegen einen Baumstamm sinken und kaum hatte er es getan, da sprang Astaroth auf seinen Schoß, rollte sich zusammen und begann wie ein junges Kätzchen zu schnurren; ein Benehmen, das er normalerweise als Lichtjahre unter seiner Würde betrachtet hätte. Und er reagierte auch nicht, als Mike ihn mehrmals lautlos in Gedanken ansprach.

Die Zeit, bis Sarn zurückkam, schien kein Ende zu nehmen. Singh starrte weiter finster ins Leere und auch Astaroths Konversation beschränkte sich auf ein anhaltendes Schnurren. Irgendetwas stimmte hier nicht. Mike konnte nicht sagen, was, aber das Gefühl wurde immer deutlicher.

Schließlich aber kehrte ihr neuer Verbündeter doch zurück und er kam nicht allein. In seiner Begleitung befanden sich fast ein Dutzend Männer. Einige Gesichter kamen Mike bekannt vor; offensichtlich gehörten sie zu den Männern, die er in der Höhle unterhalb der Hauptstadt getroffen hatte.

»Habt ihr euch ein wenig ausgeruht?«, fragte Sarn, ohne sich mit einer Begrüßung aufzuhalten.

»Ja«, log Mike. Mit einer Geste auf Sarns Begleiter fügte er hinzu: »Es freut mich, dass Argos' Krieger nicht alle deine Leute geschnappt haben.«

»Die meisten leider schon«, antwortete Sarn düster. »Wir haben zwei geheime Treffpunkte ausgemacht für den Fall, dass so etwas wie vergangene Nacht geschieht. Das hier sind alle Männer, die an einem der beiden waren.« Er seufzte tief. »Ich fürchte, die meisten sind in Gefangenschaft geraten. Niemand weiß, was Argos und die anderen ihnen antun werden.«

»Wir werden sie befreien«, versprach Mike. »Sobald wir Chris, Ben und Juan herausgeholt haben, befreien wir auch deine Leute.«

Sarns Blick machte sehr deutlich, was er von diesem Versprechen hielt, aber er sagte nichts, sondern zuckte nur die Achseln und deutete auf die Felswand hinter sich. »Wir sollten keine Zeit mehr verlieren.«

»Der Eingang zur Mine liegt in der anderen Richtung«, gab Singh zu bedenken.

»Das stimmt«, sagte Sarn. »Aber wir nehmen nicht den offiziellen Eingang. Dort lungern mir zu viele meiner ehemaligen Kollegen herum, weißt du?«

Das erschien Mike einleuchtend. Sarn war zwar nicht allein gekommen, aber der Zugang zu den Erzgruben wurde ganz bestimmt gut bewacht und sie waren nicht hier um Krieg zu führen. Singh schien aus irgendeinem Grund jedoch gar nicht begeistert von Sarns Vorschlag zu sein. Zu Mikes Erleichterung widersprach er jedoch nicht, sondern machte nur ein mürrisches Gesicht und schloss sich ihnen an. Das heißt: Eigentlich hätte es heißen müssen, er *wurde angeschlossen.* Sarns Männer nahmen den muskulösen Sikh-Krieger in einer Bewegung in die Mitte, die wie zufällig wirkte, es aber ganz bestimmt nicht war. Irgendetwas stimmt hier nicht, dachte Mike. Dafür, dass Singh noch vor einem Tag der Anführer des Widerstandes gewesen war, behandelten sie ihn mit einer erstaunlichen Feindseligkeit.

Sie bewegten sich ein paar hundert Meter parallel zur Felswand entlang, dann blieb Sarn plötzlich stehen und deutete auf den Stein. Mike sah sehr aufmerksam in die angegebene Richtung, konnte aber nicht einmal den winzigsten Riss entdecken. Als Sarn jedoch auf die Felswand zutrat, schienen sich die Schatten irgendwie zu verschieben und mit einem Male standen sie in einer niedrigen, aber sehr weitläufigen Höhle, die vom Licht der Mike bereits wohl bekannten Leuchtalgen in schummeriges Grün getaucht wurde.

»Wie hast du das gemacht?«, fragte Mike erstaunt. »Das grenzt ja an Zauberei!«

»Nur ein kleiner optischer Trick«, antwortete Sarn. »Aber sprich jetzt nicht mehr. Diese Gänge sollten eigentlich sicher sein, aber die Akustik hier unten ist manchmal seltsam. Wir dürfen nichts riskieren.«

Mike nickte. Mit klopfendem Herzen sah er sich um. Die Höhle wurde weiter hinten noch niedriger und die Wände rückten näher zusammen, bis die gesamte Höhle schließlich zu einem schmalen Tunnel zu werden schien, der sich in düsterer Entfernung verlor. Ihm war nicht wohl bei dem Gedanken, in diesen Tunnel hineinzugehen.

Aber wenn er Ben und die anderen retten wollte, hatte er keine andere Wahl.

Das ungute Gefühl wurde nicht besser, als sie in die Tiefe stiegen. Der Weg war sehr schwierig. Sie trafen zwar auf keine weiteren Monster und auch von Argos' Soldaten zeigte sich nicht die geringste Spur, aber mehr als einmal mussten sie halsbrecherische Kletterpartien bewältigen und manchmal wurde der Gang so niedrig, dass sie auf Händen und Knien kriechen mussten. Die Luft wurde immer schlechter.

Mike hatte keine Ahnung, wie tief sie sich mittlerweile unter dem gewachsenen Boden Lemuras befanden, aber es musste sehr tief sein. Der Weg hatte ununterbrochen nach unten geführt und er glaubte das ungeheure Gewicht der Felsmassen, unter denen sie sich bewegten, fast körperlich zu fühlen. Gerade als er fast so weit war, einfach nicht mehr weiterzukönnen, gab Sarn das Zeichen zum Anhalten.

»Wartet hier«, flüsterte er. »Ich gehe voraus und schaue mich um. Wir sind dem Bergwerk jetzt ganz nahe, also keinen Laut!«

Noch bevor Mike irgendetwas sagen konnte, wandte er sich um und verschwand mit schnellen Schritten in der grünen Dämmerung. Mike sah ihm mit klopfendem Herzen nach. Er brannte noch immer darauf, Ben, Chris und Juan zu befreien, aber seine Angst wuchs auch in jedem Augenblick. Jeder Quadratzentimeter Boden hier unten machte ihm Angst. Und er wusste nicht einmal, warum.

Weil du es auch spürst, flüsterte eine Stimme in seinen Gedanken. *Irgendetwas ist hier. Und es ist nicht sehr gut.*

Mike schrak zusammen. Astaroth hatte sie in das unterirdische Labyrinth begleitet, aber der Kater hatte sich auf seinen weichen Pfoten so lautlos bewegt, dass er seine Anwesenheit einfach vergessen hatte. Er sah den Kater auch jetzt noch nicht, aber er glaubte zu spüren, wie er sich hinter ihm bewegte.

Wie meinst du das?, fragte er nervös.

Keine Ahnung, antwortete Astaroth. *Aber irgendetwas ist hier. Ich weiß nicht, was, aber es ist lebendig. Und sehr zornig.*

Mike sparte es sich, eine weitere Frage zu stellen. Er wusste, wie sinnlos es war, von dem Kater etwas erfahren zu wollen, über das dieser nicht sprechen wollte. Und darüber hinaus hatte er nicht vergessen, dass Astaroth den größten Teil seiner telepathischen Fähigkeiten eingebüßt hatte, seit sie in Lemura waren.

Gerade das war es aber auch, was ihn am meisten beunruhigte. Wenn Astaroth die Gefahr, die hier unten lauerte, trotz seiner fast erloschenen Kräfte noch spürte, dann musste sie gewaltig sein.

Er sagte nichts mehr zu Astaroth, sondern wandte sich stattdessen an Singh. »Wieso liegen diese Minen so tief unter der Erde?«, fragte er. »Und wieso bewachen sie sie so streng?«

»Weil es keine wirklichen Minen sind«, antwortete Singh. »Nicht in dem Sinn, in dem wir das Wort verstehen. Es ist kein Bergwerk, in dem sie das Erz von den Wänden brechen.« Er deutete mit dem Zeigefinger der linken Hand auf den Boden. »Unter uns befindet sich eine Art unterirdischer Fluss. Das Erz liegt in großen Stücken auf seinem Grund. Man muss tauchen um es herauszuholen. Sehr anstrengend und sehr gefährlich.«

»Aber warum bergen sie es nicht auf die ganz normale Art?«, fragte Mike.

»Weil das hier die ganz normale Art ist«, antwortete Singh. »Es gibt hier kein erzhaltiges Gestein, wie wir es kennen. Das ist einer der Gründe, aus denen die Atlanter die Strafkolonie genau hier errichtet haben. Sie wollten verhindern, dass die Bewohner Lemuras Metalle herstellen.«

»Damit sie nicht von hier entkommen können«, sagte Mike ernst.

»Vermutlich.« Singh machte ein düsteres Gesicht. »Sie wollten eben sichergehen, dass ihre Gefangenen für alle Zeiten hier unten festsitzen.«

»Und das werdet ihr auch, wenn ihr noch ein bisschen lauter redet«, erklang Sarns Stimme hinter ihnen. Mike sah auf und blickte in das finstere Gesicht des Kriegers, verbiss sich aber jede Antwort und auch Singh beließ es bei einem kalten Lächeln.

»Eure Freunde sind hier«, fuhr Sarn nach sekundenlangem Schweigen fort. Er sprach sehr leise und in einem gehetzten, fast angsterfüllten Flüsterton. »Aber sie werden streng bewacht. Wir müssen uns etwas einfallen lassen.«

»Na dann viel Spaß«, sagte Singh hämisch. »Hier unten wimmelt es von Kriegern. Ich dachte, du hättest einen Plan.«

»Den hatte ich auch!«, verteidigte sich Sarn. »Aber sie scheinen die Wachen verdoppelt zu haben.«

»Und das wundert dich?« Singh deutete mit einer Kopfbewegung auf Mike. »Nachdem du ihn auf so spektakuläre Weise befreit hast, rechnen Argos und seine Begleiter natürlich damit, dass ihr auch seine Freunde herausholen wollt. Sie wären ja dumm, es nicht zu tun.« Er lachte böse. »Wahrscheinlich laufen wir geradewegs in eine Falle!«

»Hast du eine bessere Idee?«

»Hört auf, euch zu streiten«, mischte sich Mike ein. Er warf sowohl Sarn als auch dem Inder einen ärgerlichen Blick zu, dann sah er sich suchend nach Astaroth um und entdeckte den Kater nur wenige Meter hinter sich. Er hockte auf einem Felsen, leckte sich die Vorderpfoten und schien von dem ganzen Streit nichts mitbekommen zu haben. Laut, damit die anderen seine Worte hörten, sagte er: »Astaroth. Bitte geh und sieh nach, ob die Luft rein ist.«

Ist sie nicht, nörgelte Astaroth. *Dazu müssten wir fünftausend Meter weiter nach oben. Aber ich gehe ja schon. Ich bin das gewohnt, weißt du? Ihr hackt zwar ständig und mit wachsender Begeisterung auf mir herum, tut so, als wäre ich gar nicht da, und füttert mich mit Abfällen, aber wenn es wirklich brenzlig wird, dann bin ich wieder dafür gut, die Kastanien aus dem Feuer zu holen.*

»Was hat er gesagt?«, fragte Sarn.

»Ja«, übersetzte Mike.

Astaroth blinzelte, stand dann beleidigt auf und ging. Sie verfielen wieder in brütendes Schweigen. Niemand sprach. Die meisten Männer starrten einfach nur dumpf vor sich hin, bloß Sarn und Singh funkelten einander böse an. Die Feindschaft zwischen den beiden Männern wurde immer deutlicher. Mike verstand das nicht mehr.

Nach einer Ewigkeit, wie es schien, kam Astaroth zurück. *Singh hat Recht,* sagte er. *Es ist eine Falle. Sie erwarten uns.*

»Was soll das heißen?«, fragte Mike erschrocken.

Kommt mit, antwortete der Kater. *Dann zeige ich es euch. Und seid bloß leise!*

Mike übersetzte in aller Hast, was Astaroth gesagt hatte, dann erhoben sie sich von ihren Plätzen und folgten dem Kater. Der Weg war tatsächlich nicht mehr sehr weit. Sie schlichen durch einen kaum anderthalb Meter hohen, mit Schutt und Geröll übersäten Gang, der sich nach kaum fünfzig Schritten zu einer riesigen Höhle erweiterte. In dem dämmrigen grünen Licht erkannte Mike eine Anzahl unterschiedlich großer, runder Teiche, die im grünen Licht der Leuchtalgen unheimlich schimmerten. Auch der Boden dieser großen Höhle war mit einem Gewirr von Felsbrocken und Trümmern übersät, sodass sie den Gang verlassen und ungesehen in Deckung huschen konnten.

Sarn deutete auf den am nächsten liegenden See. Eine Anzahl Männer saß oder stand an seinem Ufer und sah einigen weiteren Gestalten zu, die im Wasser schwammen. Etliche der Männer am Ufer häuften große, nass glänzende Brocken in geflochtene Körbe, die wieder andere zum Ausgang trugen. Mike erinnerte sich an das, was Singh gerade erzählt hatte: Offensichtlich holten die Männer im Wasser die Erzknollen vom Grunde des Sees herauf, damit sie von den anderen fortgeschafft werden konnten. Eine äußerst mühselige – und bestimmt gefährliche – Art, Erz zu gewinnen. Eisen musste hier unten kostbarer als Gold sein.

Mike sah sich nach den Wachen um, von denen Astaroth gesprochen hatte, konnte aber nur eine einsame Gestalt erkennen, die direkt neben dem Eingang auf einen Speer gestützt dastand und alle Mühe zu haben schien, nicht im Stehen einzuschlafen. Andererseits lagen in der weitläufigen Höhle mehr als genug Felsbrocken herum, um eine ganze Armee dazwischen zu verbergen.

Mike wandte sich mit einem fragenden Blick an Astaroth. *Wo sind sie? Zwischen den Felsen versteckt?*

In seinem Kopf ertönte ein lautloses Lachen. *Keineswegs. Sie sind direkt vor deiner Nase. Sieh genau hin.*

Mike tat, was der Kater verlangte, konnte aber zuerst nichts Auffälliges entdecken. Einige Männer trugen Körbe voller Erzknollen oder luden sie gerade voll, die weitaus meisten aber standen einfach nur herum und warteten, dass sie an die Reihe kamen.

Dann aber fiel ihm doch etwas auf. Die wenigen Männer, die die Körbe trugen, waren ausgemergelt und erschöpft und wirkten zum Umfallen müde oder auch krank, die anderen jedoch machten einen durchaus gesunden, kräftigen Eindruck. Und es waren eigentlich auch viel zu viele, wenn man bedachte, dass in dem runden See gerade mal zwei oder drei Gestalten schwammen. An keinem der anderen Wasserlöcher in der Höhle wurde gearbeitet.

Mike machte Singh mit einem Blick auf seine Entdeckung

aufmerksam und der Inder nickte grimmig. »Argos' Krieger«, flüsterte er. »Sie wissen, dass wir kommen.«

»Aber nicht, dass wir schon da sind«, fügte Sarn ebenso leise hinzu. »Wir haben eine gute Chance. Haltet euch bereit.«

Mike sagte nichts dazu, schon weil Sarn erneut heftig gestikulierte still zu sein. Aber er fühlte sich in jeder Sekunde weniger wohl. Sarn und seine Männer waren in der Überzahl und sie hatten den Vorteil der Überraschung auf ihrer Seite, aber ein Kampf würde wieder Tote und Verwundete bedeuten.

Da tauchte eine Gestalt aus dem See auf, ließ einen kopfgroßen Erzbrocken auf das Ufer fallen und zog sich mit einer erschöpften Bewegung aufs Trockene hoch. Als sie den Blick hob, erkannte Mike, dass es sich um niemand anderen als Ben handelte.

Um ein Haar hätte er laut aufgeschrien.

Ben bot einen erbarmungswürdigen Anblick. Er war immer kräftig gewesen, aber jetzt war er fast zum Skelett abgemagert. Seine Wangen waren eingefallen und die Augen lagen tief in den Höhlen und blickten leer. Seine Hände waren abgeschürft und auch sein Körper war mit zahllosen Schrammen und Kratzern übersät.

Trotzdem gönnte ihm der Mann am Ufer nur wenige Atemzüge, ehe er Ben mit einem derben Fußtritt wieder ins Wasser schleuderte. Noch während er unter heftigem Plantschen und Wellenschlägen unterging, tauchten zwei weitere, mit Erzknollen beladene Gestalten aus dem Wasser auf. Mike war nicht einmal mehr überrascht, als er erkannte, dass es sich um Chris und Juan handelte. Aber er war zutiefst entsetzt. Beide boten einen ebenso ausgezehrten Anblick wie Ben. Was hatten Argos' Krieger vor? Wollten sie, dass die drei Jungen sich zu Tode arbeiteten?

Sarn schien zu spüren, wie es in Mike aussah, denn er machte eine besänftigende Geste. Seine Krieger waren bereits dabei, sich zwischen den Felsen zu verteilen, um in eine vorteilhafte Angriffsposition zu kommen. Mike war nicht wohl bei dem Gedanken, dass hier gleich ein erbitterter Kampf auf Leben und Tod losbrechen würde. Aber sie mussten Chris und die beiden anderen rausholen. So wie seine drei Freunde aussahen, war er nicht einmal sicher, dass sie die nächste Stunde überleben würden.

Es kam nicht zu dem Angriff; wenigstens nicht sofort. Sarns Männer schlichen geduckt und von Deckung zu Deckung huschend weiter, doch gerade als der Krieger nach seinem Schwert griff und das vereinbarte Zeichen geben wollte, begann der Wasserspiegel des Sees zu zittern und nur eine Sekunde später wankte der Boden unter ihren Füßen.

Und das war erst der Anfang.

Noch bevor Mike überhaupt begriff, was geschah, begann es Steine zu regnen. Die gesamte riesige Höhle begann zu schwanken und sich zu bewegen und von der Decke regneten Felsbrocken und Steine, die zu Boden krachten oder mit einem gewaltigen Aufspritzen im Wasser verschwanden. Zwei, drei der Männer am Ufer wurden getroffen und stürzten zu Boden und auch der Wächter am Eingang verschwand unter einer gewaltigen Staub- und Trümmerwolke.

»Jetzt!« Sarn sprang in die Höhe und riss gleichzeitig sein Schwert aus dem Gürtel. *»Greift an!«*

Auch seine Leute hatten sich mit hastigen Sprüngen vor den niederregnenden Felsbrocken in Sicherheit gebracht, gehorchten seinem Befehl aber trotzdem sofort. Ohne zu zögern stürzten sie sich auf die als Sklaven verkleideten Krieger. Einige von denen versuchten zwar noch, ihre Waffen unter den Kleidern hervorzuziehen, aber sie hatten keine Chance. Der Kampf war nur kurz, aber sehr hart. Zwei von Sarns Männern und fünf der verkleideten Wachen lagen reglos am Boden, als alles vorbei war. Die Höhle bebte noch immer und fallweise regneten auch noch Steine von der Decke, aber das Schlimmste war vorüber.

Mike ignorierte die Gefahr, sprang hinter seiner Deckung hervor und war mit zwei, drei gewaltigen Sätzen am Ufer des Wasserloches. Zu seiner Erleichterung schwammen Ben, Juan und Chris noch immer im Wasser herum; unverletzt, aber vollkommen erschöpft. Mike streckte blitzschnell die Hände nach Juan aus, der ihm am nächsten war, packte ihn und riss ihn ohne große Anstrengung ans Ufer. Dann angelte er nach Ben, um ihn auf gleiche Weise zu retten.

In diesem Moment begann der Boden wieder heftig zu zittern. Die gesamte Höhle schien zu stöhnen wie ein riesiges, sonderbares Tier. Überall rings um ihn herum stürzten Felsbrocken und Steine zu Boden. Männer schrien in Schmerz und Panik auf und auch Mike fühlte einen harten Schlag gegen die Schulter und wäre um ein Haar gestürzt.

Auch in den See schlugen die tödlichen Geschosse ein. Rings um Ben und Chris spritzte das Wasser in meterhohen Fontänen auf. Und als wäre das alles nicht genug, gewahrte Mike plötzlich etwas, was ihm schier das Blut in den Adern gefrieren ließ.

Zwischen Ben und Chris erschien eine riesige, dreieckige Flosse.

Ein Hai!

Mike blinzelte. Eine Sekunde lang glaubte er einfach seinen Augen nicht trauen zu können. Aber es war so: Zu der ersten Flosse gesellte sich eine zweite, dann eine dritte. In dem unterirdischen See waren Haie aufgetaucht!

Auch Ben und Chris mussten die Gefahr bemerkt haben, denn sie schwammen im wahrsten Sinne des Wortes um ihr Leben. Immer mehr und mehr Steine ließen das Wasser rings um sie herum aufspritzen. Es grenzte an ein Wunder, dass bisher keiner von ihnen getroffen worden war. Dass auch Mike selbst sich in derselben Gefahr befand, kam ihm in diesem Moment nicht einmal in den Sinn.

Er beugte sich vor, so weit er es wagte, bekam irgendwie Bens Handgelenk zu fassen und riss ihn regelrecht aus dem Wasser. Nur eine halbe Sekunde später durchschnitt eine dreieckige Haiflosse genau dort die Wasseroberfläche, wo Ben gerade noch gewesen war.

Nun blieb nur noch Chris. Auch er schwamm mit kräftigen Zügen auf das rettende Ufer zu und Mike beugte sich noch weiter vor, um den Benjamin der NAUTILUS-Besatzung zu erreichen.

Beinahe hätte er es sogar geschafft.

Seine ausgestreckte Hand war nur noch Zentimeter von Chris' Fingerspitzen entfernt, als etwas wie ein furchtbarer Faustschlag seinen Rücken traf. Mike schrie auf, kippte nach vorne und stürzte halb besinnungslos ins Wasser.

Sekundenlang kämpfte er mit aller Macht darum, nicht gänzlich das Bewusstsein zu verlieren, was sein sicheres Todesurteil gewesen wäre. Er wurde herumgewirbelt und sank immer tiefer ins Wasser. Etwas Riesiges, Dunkles streifte seine Schulter und wirbelte ihn noch mehr herum, schubste ihn aber gleichzeitig auch wieder in die Höhe, sodass sein Kopf die Wasseroberfläche durchbrach. Instinktiv atmete er ein, machte ein paar hastige Schwimmbewegungen und sah sich um. Er war weiter vom Ufer entfernt, als er angenommen hatte. Rings um ihn herum herrschte das nackte Chaos. Die Höhle schwankte. Von der Decke regneten noch immer Steine. Und mittlerweile pflügten fünf oder sechs große, dreieckige Haifischflossen durch das Wasser. Mike verstand nicht, warum die Tiere Chris und ihn bisher noch nicht angegriffen hatten.

Sein Rücken war noch immer taub vor Schmerz und die Haifische kamen immer näher. Trotzdem warf er sich herum, schwamm mit heftigen Zügen auf Chris zu und versuchte ihn zu packen.

Es gelang ihm nicht. Chris war sichtbar am Ende seiner Kräfte, aber statt seine Hilfe anzunehmen, wich er ihm aus und schlug sogar nach ihm.

»Bist du verrückt?«, brüllte Mike – jedenfalls versuchte er es, schluckte aber so viel Wasser dabei, dass die Hälfte des Satzes in einem qualvollen Husten unterging. Statt noch mehr Zeit zu verschwenden, packte er Chris, wirbelte ihn herum und legte ihm von hinten den Arm um den Hals. Wenn es sein musste, würde er Chris eben mit Gewalt zwingen, sich retten zu lassen.

Falls sie beide die nächsten zehn oder zwanzig Sekunden überlebten, hieß das ...

Alles ging viel zu schnell, als dass Mike auch nur begriff, was wirklich geschah. Jemand – etwas – packte ihn und Chris und zerrte sie mit brutaler Kraft in die Tiefe. Im selben Moment begann das Wasser ringsum unter den Einschlägen der ersten Steine regelrecht zu kochen. Mike spürte, wie Chris und er getroffen wurden. Der Schmerz war schlimm, aber schlimmer war, dass die Schläge ihm die Luft aus den Lungen trieben.

Alles begann sich um ihn zu drehen und der Druck auf seine Brust wurde schier unerträglich. Chris, den er noch immer umklammert hielt, hatte aufgehört zu zappeln und sich zu wehren, und es ging noch immer weiter und schneller in die Tiefe. In ein paar Sekunden, das wusste er, würde er endgültig das Bewusstsein verlieren.

Sein Kopf knallte gegen einen Stein. Für eine Sekunde sah er nur noch bunte Sterne und ihm wurde schwarz vor den Augen.

Und dann, ganz plötzlich, wurde es wieder hell um ihn. Mike konnte wieder atmen. Gierig sog er die Luft ein, spürte nur noch vage, wie er aus dem Wasser und mehr als unsanft zu Boden geworfen wurde, und ließ endlich los.

Hustend öffnete er die Augen. Er spürte, wie seine Gedanken langsam in einen sich immer schneller drehenden Wirbel hineingezogen wurden, und vielleicht war er sogar schon ohnmächtig und halluzinierte, denn das letzte Bild, das er sah, war so grässlich, dass es nur aus einem Fiebertraum stammen konnte:

Die Wesen, die ihn und Chris gerettet hatten, waren keine Menschen, sondern –

Mike verlor das Bewusstsein.

Um ihn herum war es hell, als er erwachte. Er lag auf etwas Hartem, das wie tausend spitze Nadeln in seinen Rücken stach, und es war erbärmlich kalt. Das war das Erste, was ihm bewusst wurde.

Das Zweite war die Erinnerung an eine Grauen erregende Gestalt mit furchtbaren Händen, die sich über ihn beugte, und sie war so intensiv, dass Mike sich mit einem Schrei aufrichtete und wild umsah. Sein Herz begann schlagartig zu hämmern.

Chris saß angstvoll zusammengekauert ein paar Meter neben ihm und starrte ihn aus großen Augen an, aber von dem Ungeheuer war keine Spur zu sehen –falls es überhaupt je existiert hatte und nicht nur eine Fieberfantasie gewesen war.

Mike sah sich schaudernd ein zweites Mal um. Sie befanden sich am Ufer eines kreisrunden Sees von etwa dreißig Metern Durchmesser. Der Boden bestand aus feinem Sand und scharfkantigen Steinen – das war es, was so schmerzhaft in seinen Rücken gestochen hatte – und stieg in einiger Entfernung zu einer Schutthalde an, die fast bis zu der niedrigen Höhlendecke hinaufreichte.

Erst dieser Anblick machte Mike klar, dass sie sich nicht mehr in der Höhle befanden, in die Sarn sie gebracht hatte.

Er drehte sich wieder herum und Chris fuhr erschrocken zusammen und rutschte noch einen Meter weiter von ihm fort. In seinen Augen flackerte eine Angst, die Mike nur zu gut kannte.

»Tut mir nichts, Herr«, sagte Chris. »Es war nicht meine Schuld.«

»Ich weiß zwar nicht genau, was du meinst, aber du brauchst

keine Angst vor mir zu haben«, antwortete Mike. Er lächelte, sah aber sofort, dass er damit das genaue Gegenteil dessen zu erreichen schien, was er beabsichtigte: Die Angst in Chris' Augen verstärkte sich noch.

»Du erinnerst dich nicht an mich, wie?«, fragte er.

»Erinnern?« Chris blickte ihn vollkommen verständnislos an und Mike stellte keine weitere Frage. Stattdessen stand er auf und begann die Geröllhalde emporzuklettern; eine Aufgabe, die sich als weitaus einfacher erwies, als er befürchtet hatte. Nach weniger als zwei Minuten hatte er den Gipfel des kleinen Bergs aus Trümmern und Geröll erreicht – und riss ungläubig die Augen auf, als er sah, was auf der anderen Seite lag.

Er hatte eine weitere Höhle erwartet und das war es auch, aber sie war gigantisch. Unter der Decke, die sich unmittelbar über Mike zu einer gewaltigen Höhle aufschwang, erstreckte sich eine sanft gewellte Ebene, die sich Kilometer um Kilometer dahinzog. Das jenseitige Ende dieses unterirdischen Landes war so weit entfernt, dass es bloß als Schatten zu erkennen war. Eine Art trockenes Seegras wuchs in großen Büscheln auf dem Boden und weiter entfernt konnte Mike einen grünen Schatten erkennen, der ganz gut ein Wald sein konnte.

»Was ... was ist das?«, flüsterte Mike erschüttert.

Er hatte gar nicht gemerkt, dass Chris ihm gefolgt war, aber er sagte unmittelbar neben ihm: »Das verbotene Land. Es gibt Tiere hier und gefährliche Pflanzen. Ihr solltet nicht dort hinuntergehen, Herr.«

»Vergiss den *Herrn*«, sagte Mike automatisch. Dann fügte er in verwirrtem Ton hinzu: »Woher weißt du das?«

»Ich war einmal dort«, antwortete Chris. Er sah Mike angstvoll an. »Ich weiß, dass wir es nicht dürfen, aber Ben, Juan und ich sind ein paar Mal von den Wächtern hergebracht worden. Niemand sonst kommt hierher. Wir konnten ... ausruhen. Werdet Ihr uns verraten?«

»Nein«, antwortete Mike lächelnd. »Die *Wächter?*«

»Die Wesen, die uns gerettet haben.« Chris deutete auf den See hinab. »Sie greifen jeden an. Nur Ben, Juan und mich nicht. Im Gegenteil. Sie sind unsere Freunde.«

Und endlich erinnerte Mike sich wirklich. Das Monster, das er gesehen hatte, war keine Halluzination gewesen. Er war Geschöpfen wie diesem schon mehrmals begegnet – einmal an Bord der NAUTILUS und später am Ufer der kleinen Insel, auf der Argos und die beiden anderen Atlanter sie überwältigt hatten. Die bizarren Kreaturen, die wie unheimliche Kreuzungen zwischen Menschen und Haifischen aussahen, hatten noch nie jemandem etwas zu Leide getan, aber Argos und die anderen Atlanter fürchteten sie wie den Teufel. Etwas an diesem Gedanken erschien ihm ungeheuer wichtig, aber er bekam ihn nicht richtig zu fassen.

Bevor er intensiver darüber nachdenken konnte, fuhr Chris neben ihm erschrocken zusammen, und als Mike sich herumdrehte und in dieselbe Richtung sah wie er, erkannte er, dass sich das Wasser des kleinen Sees wieder bewegte. Diesmal tauchte jedoch kein Haifisch-Ungeheuer aus den Wellen auf, sondern ein struppiges schwarzes Etwas, das mit heftigen Schwimmbewegungen zum Ufer paddelte. Chris fuhr erneut zusammen und Mike machte eine beruhigende Geste.

»Keine Angst«, sagte er. »Das ist Astaroth. Ein Freund.«

Schön, dieses Wort einmal aus deinem Mund zu hören, maulte Astaroths Stimme in seinen Gedanken. *Hältst du es für eine gute Idee, deine Freunde in Todesangst zu versetzen?*

»Todesangst?«, fragte Mike verständnislos.

Astaroth schüttelte sich das Wasser aus dem Fell und kam langsam näher. *Ihr seid seit über einer Stunde verschwunden,* sagte er. *Sarn und die anderen glauben, dass ihr ertrunken seid. Der See ist fast vollkommen zugeschüttet.*

»Und was machst du dann hier?«, fragte Mike laut. Er bemerkte aus den Augenwinkeln, dass Chris ihn immer verwirrter anstarrte. Wahrscheinlich fragte er sich, was um alles in der Welt Mike da tat. Vielleicht zweifelte er aber auch einfach an dessen Verstand.

Euch suchen!, antwortete Astaroth gereizt. *Ben und Juan haben so lange herumgenörgelt, bis ich es riskiert habe.*

»Riskiert?«

Ich hätte ertrinken können.

»Du?« Beinahe hätte Mike laut gelacht. »Du kannst unter Wasser atmen, Astaroth.«

Astaroth blinzelte. *Kann ich?,* fragte er.

»Kannst du«, bestätigte Mike. Er grinste – aber eigentlich war die Sache gar nicht lustig.

Jetzt, wo du es sagst, sagte Astaroth nachdenklich. *Komisch. Ich hatte es glatt vergessen.*

»Was tut Ihr da?«, fragte Chris verwirrt. »Könnt Ihr –«

»– mit ihm reden, ja«, sagte Mike ungeduldig. »Astaroth, was ist los mit dir? So etwas kann man doch nicht vergessen!«

Ich lasse mir doch nicht von dir sagen, was ich kann und was nicht, antwortete Astaroth patzig. Hoch erhobenen Hauptes marschierte er an Mike vorbei, blickte über den Grat der Geröllhalde – und erstarrte genau so wie Mike vor ein paar Minuten.

»Erstaunlich, nicht?«, fragte Mike. »Das ist ein richtiges unterirdisches Land. Und niemand in Lemura ahnt auch nur etwas davon.«

Menschen, murmelte Astaroth. *Da sind ... Menschen. Sie beobachten uns.*

»Menschen?« Mike blickte aufmerksam auf die Ebene hinab, konnte aber nichts Auffälliges entdecken. Wenn dort Menschen waren, verstanden sie es meisterhaft, sich zu tarnen.

Nicht sehr viele, bestätigte Astaroth. *Sie haben Angst vor uns. Sie glauben, wir gehören zu Argos.*

»Dann sollten wir ihnen vielleicht sagen, dass das nicht so ist«, sagte Mike. »Bevor sie etwas tun, was uns nicht besonders gefällt.«

Dazu ist keine Zeit, sagte Astaroth. *Das Erdbeben ist noch nicht vorbei. Die Höhle kann jeden Moment einstürzen. Außerdem hat Sarn Angst, dass Argos' Krieger auftauchen könnten. Lasst uns zurückgehen.*

»Und wie?« Mike warf einen schrägen Blick auf den See hinunter. »Ich meine, du kannst ja unter Wasser atmen...«

Theoretisch schon, sagte Astaroth. Er wich Mikes Blick aus und wirkte plötzlich ziemlich verlegen. *Hab ich aber nicht.*

»Wie bitte?!« Die Vorstellung, dass der Kater die Luft angehalten hatte und mit letzter Kraft hierher gekommen war, obwohl er unter Wasser ebenso mühelos atmen konnte wie hier oben, erschien Mike so komisch, dass er laut loslachte.

Astaroth schenkte ihm einen giftigen Blick. *Immerhin habe ich noch nicht meinen eigenen Namen vergessen,* sagte er beleidigt.

Mike grinste noch breiter. »Daran, wie man Luft holt, erinnere ich mich jedenfalls ganz gut.«

Astaroth drehte sich beleidigt herum, stiefelte davon und sprang ohne ein weiteres Wort ins Wasser. Nach einem letzten, nachdenklichen Blick auf die Ebene auf der anderen Seite wandte sich Mike um und folgte dem Kater.

Sie mussten insgesamt dreimal ansetzen, um die Erzgruben wieder zu erreichen. Der Weg, der durch einen schmalen, unterirdischen Gang führte, war nicht einmal allzu weit, aber die unter Wasser liegende »Eisengrube« war fast vollkommen verschüttet. Zwischen den kreuz und quer liegenden Felsbrocken waren zum Teil nur schmale Lücken geblieben, durch die Astaroth zwar mühelos passte, Chris und Mike sich aber nur unter Lebensgefahr hindurchquetschen konnten. Als sie es endlich geschafft hatten, das rettende Ufer zu erreichen, war Mike wieder total erschöpft und erneut am Rande der Bewusstlosigkeit.

Nachdem er wieder halbwegs zu Kräften gekommen war und sich umsah, erschrak er zutiefst. Astaroth hatte keineswegs übertrieben. Der Boden zitterte noch immer leicht und die ganze, riesenhafte Höhle bot einen entsetzlichen Anblick. Sie war mehr als zur Hälfte eingestürzt. Zwei oder drei der Seen, aus denen die Sklaven die Erzknollen heraufholten, waren unter Tonnen von Felsen verschwunden und von überall her drang das Stöhnen von Verletzten an sein Ohr. Singh stand in einiger Entfernung da und redete heftig gestikulierend auf Ben und Juan ein, aber Mike musste nur einen einzigen Blick in ihre Gesichter werfen, um zu erkennen, dass sie kein Wort von dem verstanden, was er ihnen begreiflich zu machen versuchte. Er machte sich jedoch keine allzu großen Sorgen. Ihre Erinnerungen würden zurückkehren genau wie seine eigenen; spätestens mit Astaroths Hilfe. Im Moment jedoch war keine Zeit dafür.

Mike rappelte sich mühsam hoch, wobei er Sarns hilfreich ausgestreckte Hand ignorierte. »Ich bin froh, dich zu sehen«, sagte Sarn. »Wir dachten schon, ihr wäret ertrunken.«

»Viel hätte auch nicht gefehlt«, antwortete Mike. »Jedenfalls waren wir schon fast in einer Art Paradies ... Wusstest du, dass nur ein paar Meter unter euren Füßen eine riesige fruchtbare Höhle liegt? Ich schätze ... drei- oder viermal so groß wie Lemura?«

Irrte er sich oder schrak Sarn ein ganz kleines bisschen zusammen, als er die Höhle erwähnte?

Dann aber zuckte der ehemalige Krieger nur mit den Schultern und sagte: »Das verbotene Land, ich weiß. Wir können nicht dorthin. Die *Wächter* töten jeden, der es versucht. Niemand, der je dorthin gegangen ist, ist bisher zurückgekommen.«

»Und woher wisst ihr dann davon?«, fragte Mike.

Sarn zuckte erneut mit den Schultern. »Gerüchte«, sagte er. »Uralte Märchen. Aber könnten wir uns darüber vielleicht später unterhalten – bevor uns der halbe Berg auf den Kopf fällt?«

Er deutete zur Höhlendecke hinauf. Wenn man genau hinsah,

konnte man erkennen, dass sie sich noch immer leicht bewegte. Dann und wann polterte ein Stein zu Boden. Sarn hatte Recht. Sie mussten hier heraus.

»Was ist mit den Verletzten?«, fragte Mike.

Sarns Gesicht verhärtete sich. »Es sind Argos' Krieger«, sagte er. »Sollen wir unsere eigenen Leben riskieren, um die Männer zu retten, die unseren Tod wollen?«

»Für uns habt ihr euer Leben auch riskiert«, sagte Mike.

»Das war etwas anderes.« Sarn schüttelte heftig den Kopf. »Und noch einmal: Wenn wir noch lange hier herumstehen und reden, dann war alles umsonst. Ich fürchte, die gesamte Höhle steht kurz davor einzustürzen.«

Was das für Lemura bedeutete, wagte sich Mike gar nicht vorzustellen. Der riesige unterirdische Berg war nicht nur einer der Stützpfeiler, auf denen die gesamte Unterwasserkuppel ruhte, sondern praktisch auch die einzige Quelle für Eisenerz und andere Rohstoffe.

»Kommt jetzt«, sagte Sarn. »Wir haben einen weiten Weg vor uns.«

Seltsam – aber Mike hatte immer mehr das Gefühl, dass Sarn nicht nur aus Angst, die Höhle könnte einstürzen, so sehr auf den Aufbruch drängte, sondern viel mehr um von irgendetwas ganz Bestimmtem abzulenken. Aber er konnte sich beim besten Willen nicht erklären, wovon. Also nickte er nur und ging mit schnellen Schritten zu Singh hinüber. Ben und Juan sahen ihm neugierig, aber auch vollkommen verständnislos entgegen. Und er sah in ihren Augen dieselbe tief eingegrabene Angst, die er auch schon bei Chris gesehen hatte.

»Sie erinnern sich an nichts!«, sagte Singh. »Weder an dich noch an mich oder die NAUTILUS ... an gar nichts.«

»Genau wie Chris«, sagte Mike. »Außerdem sind sie in einem furchtbaren Zustand.«

»Argos' Leute haben anscheinend vorgehabt, sie sich totarbeiten zu lassen«, sagte Singh zornig. »Wusstest du, dass sie das Erz seit Wochen ganz allein aus dem Wasser holen mussten?«

»Wieso?«, fragte Mike erstaunt.

»Weil die *Wächter* uns nichts getan haben«, antwortete Ben an Singhs Stelle. »Es ist sehr gefährlich. Sie tauchen immer wieder auf und greifen die Männer an, die die Erzknollen heraufholen. Sie haben viele gepackt und in die Tiefe gerissen. Nur uns nicht. Als die Wachen dies gemerkt haben, haben sie nur noch uns ins Wasser geschickt.«

»Die *Wächter* haben die Männer angegriffen?«, vergewisserte sich Mike. »Du meinst diese ... Haifischwesen?«

»Sie packen sie und zerren sie in die Tiefe«, bestätigte Ben. »Niemand ist je wieder aufgetaucht.«

Nicht sehr weit entfernt krachte ein Felsbrocken von der Größe eines kleinen Hauses zu Boden und ließ die gesamte Höhle erbeben. Es hätte des bösen Blickes, den Sarn ihnen zuwarf, gar nicht mehr bedurft, um sie nun endgültig zur Eile anzuspornen.

Der Weg nach oben erwies sich als weit mühseliger und schwieriger, als Mike erwartet hatte. Er hatte halbwegs damit gerechnet, von Argos' Kriegern verfolgt zu werden oder dass sie sich gar den Weg freikämpfen mussten. Von den Kriegern des lemurischen Herrschers zeigte sich jedoch keine Spur. Vermutlich hatten sie Hals über Kopf die Flucht ergriffen, als der Boden zu schwanken begonnen hatte.

Trotzdem wurde der Rückweg zu einem lebensgefährlichen Abenteuer. Der Weg, den sie gekommen waren, war unpassierbar geworden und auch der offizielle Abstieg in die Eisengruben hinab war zum Teil verschüttet, sodass sie zu mühseligen und kräftezehrenden Klettereien gezwungen wurden. Noch immer lösten sich Steine von der Decke oder den Wänden und ein weiterer Mann trug eine schwere Verletzung davon. Sie hatten eine halbe Stunde für den Weg nach unten gebraucht; für den Rückweg benötigten sie annähernd die vierfache Zeit. Nicht nur Mike war vollkommen erschöpft, als sie endlich wieder aus dem Berg herauskamen.

Auch hier zeigte sich keine Spur von den Kriegern, die die Sklaven bewacht hatten; ebenso wenig wie von den Sklaven selbst und den wenigen bezahlten Arbeitern, die in der Mine gewesen waren. Von Sarn wusste er, dass in dem Bergwerk mehrere hundert Männer in den Eisengruben lebten und arbeiteten, aber der Platz vor dem Einstieg und auch der nahe Waldrand waren vollkommen leer. Auf dem Weg nach oben hatten sie einige Tote gefunden und eine große Anzahl weggeworfener Werkzeuge und unterschiedlicher Ausrüstungsgegenstände. Es wäre normal gewesen, den Platz vor dem Eingang voller Flüchtlinge und Überlebender vorzufinden, aber er wirkte wie ausgestorben; nur hier und da lagen einige Felsen herum oder ein in aller Hast fortgeworfenes Werkzeug, eine Waffe.

Als er sich einige Schritte vom Eingang entfernte und herumdrehte, verstand er schlagartig, warum.

Der gesamte Berg war geborsten. Ein gut mannsbreiter, gezackter Riss hatte die Felswand vom Boden bis zur Grenze des Sichtbaren hinauf gespalten. Hier und da lief Wasser aus diesem Riss und noch immer regneten Steine vom Himmel, wenn auch weit entfernt, sodass sie im Moment nicht in Gefahr waren. Aber er konnte gut verstehen, dass keine lebende Seele in der Nähe war. Jedermann, der gesehen hatte, wie dieser ganze gewaltige Berg auseinander barst, musste in heller Panik geflohen sein.

Als Mike sich jedoch weiter umsah, fragte er sich erschrocken, wohin eigentlich.

Die Katastrophe hatte sich nicht nur auf den Berg beschränkt. Sie waren so weit von der Stadt entfernt, wie es hier unten überhaupt möglich war, sodass er sie nur als verschwommenen Schatten erkennen konnte. Trotzdem waren die Schäden, die die Stadt davongetragen hatte, deutlich zu erkennen. Einige der schlanken Türme waren versctwunden und über der gesamten Stadt schien eine Art feiner Dunst zu schweben, der aus der Nähe betrachtet wahrscheinlich aus nichts anderem als dem Rauch der zusammengestürzten Gebäude bestand.

»Großer Gott!«, murmelte Mike.

»Ich weiß zwar nicht, was dieses Wort bedeutet«, sagte Sarn neben ihm, »aber ich glaube, ich ahne es. Es ist furchtbar.«

Mike sah instinktiv nach oben. Die Kuppel war diesmal an vier Stellen geborsten. Große, dunstige Fahnen aus Meerwasser wehten herein und lösten sich auf, bevor sie den Boden berührten. Er sah auch, dass sich die Risse bereits wieder zu schließen begannen – aber wie oft noch? Diese Kuppel mochte ein Wunderwerk atlantischer Technik sein, aber letzten Endes war auch ihrer Belastbarkeit Grenzen gesetzt.

»Es wird schlimmer«, murmelte er. »Was, wenn ihr nicht mehr so viel Zeit habt, wie du bisher geglaubt hast?«

»Dann soll es wohl so sein«, sagte Sarn leise. Er gab sich einen sichtbaren Ruck und fuhr in verändertem Ton fort: »Aber keine Angst. Du und deine Freunde, ihr werdet nicht mehr hier sein, wenn es so weit ist. Wenn wir sofort losmarschieren, können wir Lemura noch vor der nächsten Schlafenszeit erreichen. Der Moment ist günstig. In der Stadt herrscht mit Sicherheit Chaos. Niemand wird nach uns suchen.«

Mike war verwirrt. Wie konnte Sarn in einem Moment wie diesem *daran* denken?

»Du musst das nicht tun«, sagte er. »Singh und ich können die anderen auch allein in die Stadt bringen. Singh weiß, wo die NAUTILUS liegt.«

»Ihr kämt nie an den Wachen vorbei«, widersprach Sarn. »Und wenn es dich beruhigt – die meisten von uns haben Freunde und Verwandte in der Stadt. Wir haben also ohnehin denselben Weg.«

Sie rasteten eine halbe Stunde, um wieder zu Kräften zu kommen und die Verwundeten so weit zu versorgen, dass sie aus eigener Kraft weitergehen konnten, dann brachen sie auf. Die Erde bebte in dieser Zeit ununterbrochen, aber die Risse in Lemuras künstlichem Himmel schlossen sich auch wieder. Mike versuchte ein paar Mal mit Ben, Chris und Juan ins Gespräch zu kommen, gab aber schließlich auf. Auch Astaroth zeigte sich ungewohnt schweigsam und verschwand schließlich ganz; vermutlich, um sich irgendwo im Wald einen Leckerbissen zu erjagen.

Sie marschierten zwei, drei Stunden, ehe sie eine weitere Rast einlegen mussten, und als sie eine gewisse Höhe erreicht hatten und die unterste Ebene Lemuras zur Gänze überblicken konnten, erwartete Mike der nächste Schock: Unter ihnen war eine Anzahl neuer Seen entstanden. Die Korallengruben, in denen er selbst so lange gearbeitet hatte, hatten sich mit eingedrungenem Meerwasser gefüllt. Was Sarn offensichtlich immer noch nicht wahrhaben wollte, war nun nicht mehr zu leugnen: Lemura starb. Und nicht langsam, in Jahrhunderten, wie sie noch am Morgen geglaubt hatten, sondern ungleich schneller. Vielleicht blieben der Stadt auf dem Meeresgrund nur noch wenige Tage.

Lemura kam allmählich in Sicht, und je mehr sie sich der Stadt näherten, desto deutlicher wurden die Spuren der Zerstörung, die das Beben angerichtet hatte. Die meisten Häuser und Gehöfte, an denen sie vorüberkamen, waren beschädigt oder vollkommen zerstört und sie sahen viele Verletzte. Allen Menschen, denen sie begegneten, stand die Angst in die Gesichter geschrieben.

Wie Sarn gesagt hatte, erreichten sie die Stadt kurz vor Anbruch der Schlafenszeit, die in Lemura die Stelle der Nacht einnahm. Und er hatte auch in einem zweiten Punkt Recht: Lemuras Tore standen weit offen und waren unbewacht und niemand nahm von der kleinen Gruppe auch nur die geringste Notiz.

Sarn hatte gesagt, dass er sie zu einem sicheren Ort bringen würde, wo sie ausruhen und sich auf den letzten, gefährlichsten Teil ihrer Flucht vorbereiten konnten. Mike war zutiefst erschüttert, als sie durch die zerstörte Stadt gingen. Er hatte Schlimmes erwartet, aber die Wirklichkeit übertraf seine Befürchtungen bei weitem.

Buchstäblich kein einziges Gebäude war unbeschädigt geblieben. Die meisten größeren Häuser und Türme waren ganz zusammengebrochen, die Fassaden der anderen Häuser von Rissen durchzogen. Ganze Mauerteile waren auf die Straße gestürzt, Dächer eingesunken. Zahlreiche Bewohner der Stadt trugen Verbände und er sah mehr als einen Karren, auf denen in Tücher gehüllte Leichname fortgebracht wurden.

»Ich weiß, was du jetzt denkst«, sagte Singh, der neben ihm ging. »Mir geht es genauso, glaub mir. Aber wir können nichts für diese Leute hier tun.«

Wahrscheinlich stimmt das auch, dachte Mike niedergeschlagen. Selbst wenn es Argos und seine Krieger nicht gegeben hätte, hätten sie den Menschen hier nicht helfen können. Die NAUTILUS war einfach zu *klein,* um tausende und abertausende von Flüchtlingen in Sicherheit zu bringen.

Trotzdem sträubte sich alles in ihm dagegen, einfach so aufzugeben. Und er verstand auch nicht wirklich, wieso Singh es tat. Gerade der Inder, der vor noch gar nicht allzu langer Zeit Leibeigener und Sklave gewesen war, sollte eigentlich anders denken. Mike hatte mehr als einmal erlebt, dass Singh selbst in vermeintlich aussichtslosen Situationen nicht aufgab.

Auch das Haus, in das Sarn sie brachte, war wenig mehr als

eine Ruine. Das Dach war eingestürzt und die komplette Straßenfront einfach verschwunden, sodass das gesamte Gebäude wie eine zu groß geratene, allerdings sehr unordentliche Puppenstube aussah. Sarn führte sie durch das verwüstete Innere des Gebäudes bis zu einer Treppe, die in einen Kellerraum hinabführte. Eine einzelne, stark rußende Fackel verbreitete mehr Schatten als Licht und Mike rechnete eigentlich damit, dass sie nun weitergingen, um sich irgendwo in dem unterirdischen Labyrinth unter Lemura zu verbergen. Sarn deutete jedoch nur auf den Boden und murmelte müde, dass sie es sich bequem machen sollten. Er war der Einzige, der sich nicht unverzüglich auf dem harten Boden ausstreckte.

»Willst du nicht schlafen?«, erkundigte sich Mike. »Du musst doch hundemüde sein.«

»Das bin ich«, bestätigte Sarn. »Aber ich muss weiter. Wir haben nicht viel Zeit. Im Moment herrscht überall Chaos. Die Wachen werden unaufmerksam sein. Aber das bleibt bestimmt nicht lange so. Ich werde gehen und nachsehen, ob der Weg noch frei ist, den ich kenne. Ich fürchte, dass auch hier unten viele Gänge eingestürzt sind.« Er wiederholte seine deutende Geste, obwohl sich Mike längst auf dem nackten Boden ausgestreckt hatte. »Schlaf. Viel Zeit ist nicht. Ich bin in ein paar Stunden zurück und dann müssen wir vielleicht sofort aufbrechen.«

Er ging. Mike sah ihm nach, bis er im Halbdunkel des Kellers verschwunden war. Etwas polterte, dann hörte er ein Knarren wie von einem uralten, rostigen Scharnier.

»Ich möchte wissen, wohin er geht«, murmelte Singh neben ihm.

Mike drehte den Kopf und sah den Inder an. Singh hatte sich auf einen Ellbogen aufgerichtet und machte ein nachdenkliches Gesicht.

»Du traust ihm nicht?«, fragte Mike.

Singh deutete ein Achselzucken an. »Ich glaube, ich traue niemandem mehr«, sagte er geradeheraus. »Es wird wohl eine Weile dauern, bis ich das wieder lerne. Es ist nur ... ich weiß, wo die NAUTILUS liegt. Man braucht keine halbe Stunde. Hin und zurück.«

Mike überlegte angestrengt. Er konnte sich absolut keinen Grund vorstellen, aus dem Sarn sie hintergehen sollte. Immerhin hatte er sein Leben und das seiner Leute riskiert, um ihn und seine Freunde zu befreien. Warum also sollte er sie belügen?

Mit diesem Gedanken schlief er ein.

Als er erwachte, war Sarn zurück. Mike hatte das Gefühl, so gut wie gar nicht geschlafen zu haben, schien sogar noch müder als zuvor, aber er wurde schlagartig wach, als er Sarn sah, der neben zwei seiner Leute hockte und sich leise mit ihnen unterhielt. Er konnte nicht verstehen, worum es ging, aber Sarns besorgter Gesichtsausdruck sagte genug. Mike wandte den Kopf. Ben, Chris und Juan hatten sich direkt neben ihm zusammengekuschelt und schliefen den tiefen Schlaf der Erschöpfung, aber Singh war bereits wach und sah aufmerksam zu Sarn hinüber.

»Was ist geschehen?«, fragte Mike.

»Ich weiß es nicht«, antwortete Singh. »Aber irgendetwas scheint nicht zu stimmen.«

Als hätte er ihre Blicke gespürt, sah Sarn in diesem Moment hoch, unterbrach das Gespräch mit seinen Männern und kam zu ihnen herüber. »Weckt eure Freunde«, sagte er. »Wir müssen los.«

»Wieso hast du es plötzlich so eilig?«, fragte Singh misstrauisch.

»Ich habe mit einem der Wachtposten gesprochen«, antwortete Sarn. »Ich kann dem Mann vertrauen. Er hat beunruhigende Neuigkeiten.«

»Welche?«, fragte Singh. Sein Argwohn war jetzt nicht mehr zu überhören.

»Ich weiß auch nichts Genaues«, antwortete Sarn. »Aber seit gestern lässt Argos Lebensmittel und andere Vorräte an Bord eures Schiffes schaffen. Es sieht so aus, als ob sie Lemura verlassen wollen. Mein Vertrauensmann sagt, es wären Vorräte für mindestens zweihundert Passagiere.«

»Zweihundert?«, ächzte Singh. »So viele kann die NAUTILUS niemals aufnehmen!«

»Wenn sie ein bisschen zusammenrücken, schon«, widersprach Mike. »Es wird eng, aber für eine kurze Zeit wäre es möglich.«

»Und es entspricht genau der Anzahl der Edelleute und Privilegierten«, fügte Sarn finster hinzu. »Mein Vertrauensmann sagt, dass die NAUTILUS noch heute auslaufen wird. Vielleicht schon in wenigen Stunden.«

»Dann haben wir wirklich keine Zeit zu verlieren«, sagte Singh. Mike starrte ihn fassungslos an. »Wie ... meinst du das?«

Nun war es Singh, der ihn verständnislos anblickte. »Was soll diese Frage? Wir müssen versuchen, an die NAUTILUS zu kommen und damit zu verschwinden. Oder möchtest du vielleicht zur Meeresoberfläche hinaufschwimmen?«

»Und du bist nicht der Meinung, dass wir jemanden vergessen haben?«, fragte Mike. Er verstand Singhs Verhalten immer weniger.

»Wen?«, fragte Sarn.

»Serena«, antwortete Mike. »Ihr habt erzählt, dass sie irgendwo im Palast gefangen gehalten wird. Ich werde Lemura nicht ohne sie verlassen. Und Ben, Chris und Juan auch nicht.«

»Deine Freunde wissen nicht einmal mehr, wer sie ist«, sagte Sarn.

»Aber sie würden sich ganz genau so entscheiden wie ich, wenn sie sich erinnern würden«, beharrte Mike. »Ich diskutiere nicht darüber. Ohne Serena rühre ich mich nicht von der Stelle.«

Sarn wollte widersprechen, aber Singh brachte ihn mit einer schnellen Bewegung zum Schweigen. »Mike hat vollkommen Recht«, sagte er. »Ich hätte selbst daran denken müssen. Es tut mir Leid. Wir müssen Serena finden.«

»Ihr kommt nicht einmal in den Palast hinein«, sagte Sarn überzeugt. »Ich verstehe euch, aber es ist sinnlos, glaubt mir. Wenn Argos euch jetzt gefangen nimmt, dann war alles umsonst.«

»Das Risiko müssen wir eben eingehen«, erwiderte Mike. »Du musst uns nicht begleiten. Sag uns, wo wir Serena finden. Singh und ich gehen allein.«

»Und lasst euch allein gefangen nehmen?« Sarn starrte Singh und ihn abwechselnd finster an. »Drei meiner Männer sind gestorben, damit wir eure Freunde befreien konnten. Soll alles umsonst gewesen sein?«

»Natürlich nicht, Sarn, aber –«

»Ihr geht zur NAUTILUS«, unterbrach ihn Sarn. »*Ich* hole eure Freundin. Wenn es jemand schafft, in den Palast einzudringen, dann ich.«

»Das kann ich nicht verlangen«, sagte Mike.

»Das tust du ja auch nicht«, versetzte Sarn. »Keine Sorge – was wir tun, ist nicht so uneigennützig, wie du meinst. Wenn wir Argos' Fluchtpläne vereiteln, dann hat es sich gelohnt.« Er hob die Hand, als Mike erneut widersprechen wollte, und fuhr in beinahe schon befehlendem Ton fort: »Meine Leute bringen dich und deine Freunde zu eurem Schiff. Singh und ich holen die Prinzessin.«

Die Vorstellung, Singh und den ehemaligen Krieger allein loszuschicken, gefiel Mike ganz und gar nicht. Auch wenn er den Grund dafür nicht kannte, so war die Feindseligkeit zwischen den beiden doch in den letzten Tagen beständig gewachsen.

»Dann nehmt wenigstens Astaroth mit«, sagte Mike.

»Er würde nur auffallen«, sagte Singh. »Vergiss nicht, dass niemand hier je ein Tier wie ihn gesehen hat.«

Tier?!, meldete sich Astaroth empört zu Wort.

Mike ignorierte ihn. Jetzt war nicht der Moment, mit dem Kater zu diskutieren. Er versuchte es noch ein einziges Mal: »Wenn Serena ihre Erinnerungen genauso verloren hat wie wir alle, dann braucht ihr Astaroth«, sagte er. »Er ist garantiert der Einzige, der mit ihr reden kann.«

Sarn seufzte, sagte aber nichts mehr. Doch auch Singh war

von seinem Vorschlag offenbar nicht sehr begeistert. »Sarn hat nicht ganz Unrecht«, sagte er. »Astaroth würde nur auffallen.«

Wenn ich nicht gesehen werden will, dann werde ich nicht gesehen, behauptete Astaroth. *Auch von diesen beiden Streithähnen nicht. Also sag doch einfach Ja und Amen und ich kümmere mich um sie.*

Wahrscheinlich ist das die einfachste Lösung, dachte Mike. Er sagte nichts mehr, sondern deutete nur ein Achselzucken an und stand auf. Sarn ging noch einmal zu seinen Männern und erteilte ihnen einige halblaute Anweisungen, wobei er achselzuckend auf Mike und Singh deutete, dann verließen er und der Inder den Keller.

Mike beugte sich zu Ben, Chris und Juan hinunter und weckte sie der Reihe nach. Die drei Jungen erwachten schlagartig und sofort war die Angst in ihren Augen wieder da.

»Erschreckt nicht«, sagte Mike zu ihnen. »Aber wir müssen los.«

»Wohin bringt Ihr uns, Herr?«, fragte Ben.

Es war ein sonderbares Gefühl; fast schon unheimlich. Mike hatte plötzlich einen harten Kloß im Hals. Ausgerechnet Ben, mit dem er so oft aneinander geraten war, nannte ihn nun *Herr* und sah ihn aus Augen an, in denen nichts als Angst und Erschöpfung war. Mike brauchte ein paar Sekunden, bevor er überhaupt antworten konnte.

»An einen sicheren Ort«, antwortete er. »Niemand wird euch dort etwas tun. Aber ihr müsst sehr vorsichtig sein. Bis wir ihn erreichen, dürft ihr mit niemandem reden und müsst genau das tun, was ich euch sage. Habt ihr das verstanden?«

»Ja, Herr«, antwortete Ben. Juan und Chris nickten hastig und wieder verspürte Mike einen raschen, eisigen Schauer. Aber er sagte nichts mehr. Es war wohl die einfachste Lösung, im Moment alles so zu lassen, wie es war.

Sie verließen den Keller auf demselben Weg, auf dem sie gekommen waren. Einer von Sarns Männern, der die Führung übernommen hatte, deutete nach links und sie marschierten im Gänsemarsch los. Mike konnte ein neuerliches Schaudern nicht unterdrücken, als sie sich durch die zerstörten Straßen bewegten. Die Menschen waren noch immer dabei, sich um ihre Verwundeten zu kümmern oder Tote unter den Trümmern auszugraben, aber niemand rührte auch nur einen Finger, um die Folgen des Erdbebens zu beseitigen. Niemand hatte angefangen die Trümmer wegzuschaffen oder die baufälligen Gebäude abzureißen oder wenigstens zu sichern.

»Was ist hier los?« Mike wandte sich an den Mann, der die Führung übernommen hatte. »Wieso tut hier niemand etwas? Warum versucht niemand die Häuser in Stand zu setzen – oder wenigstens die Trümmer wegzuschaffen?«

»Weil es ihnen niemand befohlen hat«, sagte der Mann in erstauntem Tonfall, als hätte er etwas unwahrscheinlich Naives gefragt. »Niemand tut hier etwas, das ihm nicht ausdrücklich befohlen worden ist.« Das musste Mike erst einmal verarbeiten. Er hatte gewusst, dass Argos und die anderen absolute Herrscher über die unterirdische Stadt und ihre Bewohner waren – aber nicht, dass ihre Herrschaft so weit ging, den Lemurern selbst die selbstverständlichsten Dinge vorschreiben zu müssen.

Als sie sich dem Palast näherten – oder besser dem, was

davon übrig war –, nahm die Anzahl der Krieger auf der Straße zu. Sie wurden weder aufgehalten noch angesprochen, aber die Männer beäugten jeden, der sich auf der Straße bewegte, mit misstrauischen Blicken. Schließlich wichen sie vom direkten Weg auf den Palast ab und betraten ein halb zerstörtes Gebäude, das von seinen Bewohnern offensichtlich aufgegeben worden war. Sie mussten erst mit vereinten Kräften die Trümmer beiseite räumen, ehe sie wieder in einen der Mike mittlerweile sattsam bekannten Keller hinabstiegen.

Wieder ging es für eine Weile durch unterirdische Stollen und Gänge, die zum Teil künstlich angelegt, zum Teil natürlichen Ursprungs zu sein schienen. Endlich – nach Stunden, wie es Mike vorkam – hielten sie an und ihr Führer deutete auf eine hastig zusammengezimmerte Leiter, die vor ihnen in die Höhe führte.

»Wir müssen jetzt vorsichtig sein«, sagte er, wobei er instinktiv die Stimme zu einem halblauten Flüstern gesenkt hatte. »Dort oben liegt der Hafen. Sagt nichts und tut nichts, was ich euch nicht sage.«

Er selbst war der Erste, der über die Leiter in die Höhe stieg, dicht gefolgt von Mike. Sie gelangten in einen Kellerraum, dessen Decke zum Teil eingestürzt war, sodass sie in die darüber liegende Halle blicken konnten. Stimmengewirr, die Geräusche heftigen Hantierens und Arbeitens und ein schwacher, aber vertrauter Geruch schlugen Mike entgegen, während er hinter dem Mann über die Schutthalde nach oben stieg.

Der Anblick, der sich ihm bot, verschlug ihm für einen Moment die Sprache. Sie befanden sich in einer großen, sichtlich uralten Lagerhalle, deren Decke und Wände unter einer zentimeterdicken Schicht aus verkrustetem Staub verschwunden waren. Die Lagerhalle unterschied sich in nichts von zahllosen anderen Lagerhallen, die Mike in hunderten von Häfen überall auf der Welt gesehen hatte; nur dass sich die Halle fünftausend Meter unter dem Meeresspiegel befand und seit mindestens zehntausend Jahren nicht mehr benutzt worden war. Eine Anzahl Männer war damit beschäftigt, Kisten, Ballen, Fässer und Säcke von einem großen Stapel auf der anderen Seite zu holen und in einer langen Kette zum Ausgang zu schleppen. Die Kette setzte sich auch draußen fort und an ihrem Ende, noch einmal hundert Schritte entfernt und am Ende eines langen, gemauerten Steges, lag die NAUTILUS.

Mikes Herz begann zu klopfen, als er die vertrauten Umrisse des Tauchbootes sah. Der Turm mit den beiden riesigen, an starre Augen erinnernden Bullaugen ragte höher als normal aus dem Wasser und der gezackte, stählerne Rückenkamm und die riesige Heckflosse vervollständigten den Eindruck, es eher mit einem gewaltigen Untier als mit einem von Menschenhand geschaffenen Gebilde zu tun zu haben.

Mike spürte, wie auch seine Hände vor Aufregung zu zittern begannen. Der Mann neben ihm schien das wohl zu spüren, denn er warf ihm einen warnenden Blick zu. Mike nickte. Der Mann hatte Recht. Sie durften jetzt keinen Fehler machen. Die NAUTILUS lag scheinbar zum Greifen nahe vor ihm, aber in der Halle befanden sich nicht nur Arbeiter und Sklaven, sondern auch eine große Anzahl Wachen. Er musste sich beherrschen, um nicht im letzten Moment noch alles zunichte zu machen.

Ihr Führer deutete auf den Kistenstapel, dann auf die doppelte Reihe von Sklaven, die sich zur NAUTILUS hin- und wieder zurückbewegten, dann auf das Schiff selbst. Mike nickte wortlos. Wenn es ihnen gelang, sich unbemerkt in die Kette einzureihen, hatten sie eine gute Chance, an Bord des Schiffes zu kommen.

Sie warteten einen günstigen Augenblick ab, dann huschten sie aus ihrem Versteck hervor und traten in die Reihe der Männer, die sich dem Kistenstapel mit leeren Händen näherten. Mikes Herz klopfte bis zum Hals. Es erschien ihm unglaublich, dass die Wachen nichts von diesem Manöver bemerkt haben sollten. Er glaubte ihre misstrauischen Blicke fast körperlich zu spüren. Doch selbst als er unmittelbar an einem der Krieger vorbeiging, starrte ihn dieser nur kalt an. Das Glück schien ihnen ausnahmsweise einmal hold zu sein.

Mike ergriff wahllos einen Sack, der viel schwerer aussah, als er war, warf ihn sich über die Schulter und trat in die Reihe, die sich umgekehrt der NAUTILUS näherte.

Mike fielen einige Veränderungen auf, als er das Tauchboot genauer in Augenschein nahm. Etliche Rumpfplatten schimmerten neu und hier und da entdeckte er einen Aufbau oder Mechanismus, der ihm unbekannt war. Singh hatte ihm ja erzählt, dass Argos' Techniker gewisse Experimente mit der NAUTILUS vorgenommen hatten. Das Schiff war vor zehntausend Jahren gebaut worden, doch die Atlanter hatten offensichtlich ihre hoch entwickelte Technik ihren Nachkommen weitergegeben.

Aber Singh hatte auch noch mehr erzählt. In der ganzen Aufregung der letzten Tage hatte Mike der Bemerkung kaum Bedeutung zugemessen, aber nun erinnerte er sich jäh wieder daran, dass Singh auch gesagt hatte, Argos wäre drauf und dran die NAUTILUS mit seinen Experimenten zu zerstören. Wie hatte er das wohl gemeint?

Mike unterzog das Schiff einer zweiten, noch kritischeren Musterung, während sie langsam über den langen, gemauerten Steg gingen. Etliche der neuen Panzerplatten glänzten dort, wo sie vor Monaten selbst versucht hatten, die Schäden zu beheben, die das Schiff an seiner Havarie davongetragen hatte. Aber längst nicht nur dort. Eines der großen Bullaugen war sichtlich neu und ein fast hausgroßes Stück der Bugpanzerung schien ebenfalls ausgetauscht worden zu sein. Wenn all diese Spuren von ausgebesserten Beschädigungen stammten, so musste die NAUTILUS tatsächlich arg gebeutelt worden sein. Was um alles in der Welt hatte Argos dem Schiff angetan?

Sie erreichten das Ende des Steges und bewegten sich über eine schmale, zitternde Planke auf das Schiff hinauf. Der Zug der Sklaven betrat die NAUTILUS nicht über die Turmluke, sondern durch den Einstieg weiter hinten im Heck, was Sinn hatte – dort lagen die großen Lagerräume. Mike wurde immer nervöser, und als er schließlich an der Reihe war, die metallene Wendeltreppe hinabzusteigen, konnte er sich vor Aufregung kaum noch beherrschen.

Im Inneren des Schiffes erwartete ihn die nächste Überraschung. Das Licht war wesentlich heller und angenehmer, als er es in Erinnerung hatte, und von den katastrophalen Schäden, die das eingedrungene Wasser überall angerichtet hatte, war nichts mehr zu sehen. Im Gegenteil: Alles blitzte und schimmerte, als käme das Schiff gerade von der Werft. Argos' Ingenieure hatten wirklich ganze Arbeit geleistet.

Der Sack auf seiner Schulter begann zu verrutschen. Mike griff hastig zu und schob ihn wieder in eine sichere Position. Dabei handelte er sich einen zornigen Blick eines der Krieger ein, die auch hier überall standen und die Sklaven beaufsichtigten. Mike sah hastig zu Boden, ging an dem Mann vorbei und wagte es erst wieder aufzublicken, als er hinter der nächsten Ecke angekommen war. Er war ziemlich besorgt. In der NAUTILUS wimmelte es regelrecht von Argos' Soldaten. Das war etwas, wovon Sarn nichts erzählt hatte. Wenn sie die NAUTILUS kapern wollten, würden sie kämpfen müssen.

Die Reihe der Sklaven näherte sich dem Laderaum und Mike sah sich verstohlen um. Rechts von ihnen befand sich eine Tür, die in eine kleinere, leer stehende Kammer führte. Zwar gab es auch vor ihnen einen weiteren Wächter, aber der Mann schien voll und ganz damit beschäftigt, den Sklaven dabei zuzusehen, wie sie ihre Waren im Inneren des Laderaums verstauten. Wenn er sich herumdrehte und zufällig in ihre Richtung sah, dann war alles verloren. Aber ein gewisses Risiko musste er nun einmal in Kauf nehmen.

Ohne den Wächter auch nur eine Sekunde aus den Augen zu lassen, näherte er sich der Tür, nahm all seinen Mut zusammen und trat hindurch. Blitzschnell ließ er seine Last fallen, fuhr herum und zerrte Ben, der unmittelbar hinter ihm in der Reihe gegangen war, zu sich herein, danach Chris und als Letzten Juan. Sarns Männer folgten ihm unaufgefordert. Und das

Unglaubliche geschah: Obwohl in der Reihe der Männer, die schwer beladen den Laderaum betraten, auf diese Weise eine deutliche Lücke entstand, sah der Krieger nicht einmal hoch. Offensichtlich nahm er seine Aufsicht nicht allzu ernst, sondern döste mit offenen Augen vor sich hin.

In der kleinen Kammer wurde es fast unerträglich eng, als sich die Männer, noch dazu mit Kisten und Säcken, hineindrängten. Mike warf noch einen letzten sichernden Blick zum Laderaum hinüber, stellte fest, dass der Krieger noch immer damit beschäftigt war, Löcher in die Luft zu starren, und schloss lautlos die Tür.

»Die erste Etappe hätten wir geschafft«, flüsterte er erleichtert.

Ben legte den Kopf schräg und sah ihn fragend an. »Herr?«

»Vergiss endlich den Herrn«, antwortete Mike automatisch, was aber nur dazu führte, dass Ben noch verwirrter dreinsah. Plötzlich grinste Mike und fügte hinzu: »Oder nein. Eigentlich klingt das ganz gut. Ich bin dafür, dass du diese Anrede als Einziger beibehältst. Auch später, wenn wir hier heraus sind.«

Natürlich verstand Ben nicht, wovon er überhaupt sprach. Und Mikes Grinsen erlosch genauso schnell wieder, wie es gekommen war. Der Ausdruck vollkommener Verständnislosigkeit auf Bens Gesicht brachte Mike nämlich auf einen neuen, nicht besonders angenehmen Gedanken:

Was, wenn auch Trautman sein Gedächtnis verloren hatte? Mike wusste nicht, ob Singh und er ganz allein in der Lage sein würden, die NAUTILUS zu steuern –zumal Argos' Techniker in den vergangenen Wochen ja eifrig an dem Schiff herumgebastelt und eine unbekannte Anzahl von Veränderungen daran vorgenommen hatten.

Nachdenklich sah er Sarns Vertrauensmann an, dann fragte er: »Kann ich euch eine Weile allein lassen?«

Der Mann nickte, fragte aber zugleich: »Wo willst du hin?«

Mike machte eine vage Handbewegung zur Decke hinauf. »Es ist jemand an Bord, mit dem ich reden muss. Es ist wichtig.«

»Sie werden dich fangen«, sagte der Mann. »Argos' Krieger sind sehr misstrauisch. Du solltest sie nicht unterschätzen. Es ist ein kleines Wunder, dass wir bis hierher gekommen sind.«

»Ich weiß«, seufzte Mike. »Aber dann bleibt mir wohl nichts anderes übrig als auf ein weiteres Wunder zu vertrauen.«

Er bekam es und mehr als nur eines. Nachdem er einen günstigen Augenblick abgewartet hatte, schlüpfte er unbemerkt aus der Kammer und reihte sich wieder in die Schlange ein, die sich ihrer Last entledigt hatte und zurück zur Treppe ging. Mike hatte noch keine Ahnung, wie er dem Wächter dort entgehen sollte, und er vertraute einfach auf seine Intuition und Glück, aber beides erwies sich als nicht notwendig. Als er sich der Treppe näherte, begann der Boden unter seinen Füßen zu zittern und plötzlich bäumte sich das große Schiff wie unter einem Hammerschlag auf, legte sich auf die linke Seite und dann ruckartig auf die andere. Mike wurde wie alle anderen von den Füßen gerissen, prallte unsanft gegen die Wand und hörte einen Chor gellender Schreie. Einige Männer stürzten kopfüber die Treppe hinunter, andere hatten mehr Glück und konnten sich im letzten Moment am Geländer festklammern und auch hier unten herrschte für Momente das reine Chaos. Offensichtlich wurde Lemura von einem weiteren Seebeben geschüttelt, das auch die NAUTILUS kräftig durchrüttelte. Fast jeder Mann war zu Boden geschleudert worden und der Wächter war gar nicht mehr zu sehen und unter einem Berg von übereinander gestürzten Körpern verschwunden.

Mike nutzte seine Chance sofort. Die NAUTILUS zitterte noch leicht und jedermann, der dazu in der Lage war, klammerte sich in Erwartung einer neuen Erschütterung irgendwo fest. Mike jedoch war mit einem Satz über die Gestürzten hinweg, flitzte zur nächsten Gangkreuzung und rannte nach rechts.

Ohne anzuhalten stürmte er weiter, erreichte die Treppe im vorderen Teil der NAUTILUS und hielt einen Moment inne. Er befand sich jetzt unmittelbar unter dem Salon, der gleichzeitig die Kommandozentrale der NAUTILUS darstellte. Über ihm erklangen Stimmen, was kein gutes Zeichen war. Die Sklaven, die die NAUTILUS beluden, verrichteten ihre Arbeit schweigend und durften gar nicht reden. Also waren dort Argos' Männer. Mikes Gedanken drehten sich für einen Moment wild im Kreis, ohne dass er zu einem Ergebnis gelangt wäre. Er hatte gar keine andere Wahl als einfach loszugehen und zu sehen, was geschah. Mike gestand sich im Stillen ein, dass ihr Plan, die NAUTILUS zurückzuerobern, gewisse Lücken aufwies – um nicht zu sagen: Es gab gar keinen Plan.

Langsam bewegte er sich die Wendeltreppe hinauf. Die Stimmen wurden lauter und klangen jetzt eindeutig aufgeregt, wenn nicht wütend. Als Mike weiterging, gewahrte er einige Männer in den Uniformen der Palastgarde, die sich gerade vom

Boden aufrappelten oder sich mit schmerzverzerrten Gesichtern die Glieder rieben. Das Seebeben hatte sie ebenso durcheinander geworfen wie die Sklaven weiter unten im Schiff. Vielleicht würden sie in all der Aufregung gar keine Notiz von ihm nehmen.

Mike versuchte einen ebenso leeren Ausdruck auf sein Gesicht zu zaubern, wie er ihn auf dem Bens und denen der anderen Sklaven gesehen hatte, und ging mit ruhigen Schritten an den Kriegern vorbei. Der Trick schien zu funktionieren. Einer der Männer sah ihm stirnrunzelnd nach, zuckte dann aber nur mit den Schultern und fuhr fort seine schmerzenden Rippen zu massieren. Vollkommen unbehelligt erreichte Mike die Tür zum Salon und trat ein.

In dem großen Raum hielten sich vier Männer auf und Mike konnte ein erleichtertes Seufzen nur mit großer Mühe unterdrücken, als er in einem von ihnen niemand anderen als Trautman erkannte. Der Steuermann blickte gerade nicht in seine Richtung, sondern war in eine hitzige Debatte mit einem hoch gewachsenen Atlanter verstrickt. Langsam, aber ohne zu stocken ging Mike auf die beiden zu. Kurz bevor er das Kommandopult im hinteren Teil des Salons erreichte, drehte sich Trautman herum und sah ihn an.

Er brach mitten im Wort ab. Seine Augen wurden groß und für einen Moment erschien ein Ausdruck absoluter Fassungslosigkeit auf seinem Gesicht.

Mike senkte hastig den Blick und sagte leise: »Herr?«

Es war der gefährlichste Moment überhaupt. Mikes Herz schlug zum Zerreißen und er rechnete fast damit, dass sich die beiden Krieger, die nur ein Stück hinter ihm standen, nun unverzüglich auf ihn stürzen würden. Aber Trautman reagierte sofort und auf die einzig richtige Art: Mike sah aus den Augenwinkeln, wie der erschrockene Ausdruck auf seinem Gesicht perfekt gespieltem Zorn wich.

»Da bist du ja endlich, Kerl!«, sagte er wütend. »Wo hast du dich so lange herumgetrieben? Ich warte schon seit Stunden auf dich!«

»Ich bin gekommen, so schnell ich konnte, Herr«, antwortete Mike demütig. »Aber ich –«

»Papperlapapp!«, unterbrach ihn Trautman. Er machte eine herrische Geste. »Spar dir deine Ausreden und komm hierher, damit ich dich einweisen kann!«

Mike ging weiter, aber der Atlanter neben Trautman streckte blitzschnell die Hand aus, hielt ihn fest und zwang ihn, den Kopf zu heben, damit er ihm ins Gesicht sehen konnte. »Wer ist dieser Bursche?«, fragte er. »Was tut er hier?«

»Ich habe ihn angefordert«, sagte Trautman rasch. »Seinen Namen kenne ich nicht. Ich habe um einen Assistenten gebeten, der über technisches Verständnis verfügt.«

»Wozu?«, fragte der Atlanter misstrauisch. »Bisher hast du auch keinen Assistenten gebraucht.«

»Du weißt ja auch, was die letzten beiden Male passiert ist, als wir die Kuppel verlassen haben«, antwortete Trautman scharf. »Diesmal wird es ernst. Wir können uns kein Risiko erlauben.«

»Das gefällt mir nicht«, sagte der Atlanter. »Ich werde mich überzeugen, ob es die Wahrheit ist.« Er ließ Mike los, drehte sich zum Ausgang und wandte sich im Gehen an die beiden Krieger. »Gebt auf diesen Jungen Acht. Irgendetwas stimmt mit ihm nicht.«

»Der Einzige, mit dem etwas nicht stimmt, bist du, Talan«, maulte Trautman. »Dein Misstrauen ist ja schon krankhaft.«

Der Atlanter würdigte ihn nicht einmal einer Antwort, sondern ging mit schnellen Schritten aus dem Salon, während die beiden Krieger gehorsam näher kamen. Trautman wandte sich in unverändert ruppigem Ton an Mike und fuhr ihn an: »Komm gefälligst her! Du wirst diese Kontrollinstrumente im Auge behalten und mich sofort warnen, wenn etwas nicht in Ordnung ist.«

Mike trat gehorsam neben Trautman und sah auf das Kontrollpult hinab. Er erlebte eine Überraschung. Selbst wenn er gewusst hätte, was Trautman mit dieser an sich unsinnigen Anweisung gemeint hatte, hätte er ihr nicht nachkommen können. Das Kontrollpult hatte sich total verändert. Die meisten Instrumente waren neu und vollkommen unverständlich und es waren eine ganze Anzahl neuer Geräte hinzugekommen, deren Bedeutung er nicht einmal erahnen konnte. Die Anweisung galt aber wahrscheinlich sowieso nur den Kriegern um sie zu beruhigen.

Trautman trat dicht neben ihn, deutete mit einer befehlenden Geste auf das Instrumentenpult und flüsterte hastig: »Mike? Weißt du, wer du bist? Wer ich bin?«

»Ja, Herr«, antwortete Mike laut. »Ich verstehe euch. Es ist alles in Ordnung mit mir.«

Trautman sah ihn verwirrt an. Offensichtlich wusste er nicht so ganz, was er von Mikes Antwort zu halten hatte. »Wo sind die anderen?«, flüsterte er.

Mike beugte sich scheinbar konzentriert über das Instrumentenpult und antwortete: »Das angeforderte Material ist unten im Schiff. Ich kann es holen, sobald Ihr es braucht, Herr.«

»Sind sie in Ordnung?«, flüsterte Trautman.

Mike sah aus den Augenwinkeln, dass sich die beiden Krieger wieder ein kleines Stück zurückzogen. Offenbar war ihr Argwohn wenigstens für den Moment besänftigt. So wagte er es, im Flüsterton und sehr schnell auf Trautmans Frage zu antworten: »Nein. Sie stehen noch unter Argos' Einfluss.«

»Was ist mit Serena?«, fragte Trautman.

»Singh ist unterwegs um sie zu holen«, antwortete Mike. »Sobald sie hier sind, können wir fliehen.«

»Fliehen?« Trautman sah ihn an, als wäre er verrückt. »Das Schiff wimmelt von Kriegern. Es sind mindestens zwanzig!«

»Wir haben Hilfe«, flüsterte Mike. Laut und mit einer Geste auf einige der neuen Instrumente fügte er hinzu: »Sind diese Geräte funktionstüchtig, Herr?«

»Hundertprozentig«, antwortete Trautman ebenso laut. »Die NAUTILUS ist in besserem Zustand denn je. Sobald ... *Argos* und die anderen hier sind, können wir aufbrechen.« Er wirkte total verstört, was Mike gut verstehen konnte. Aber solange die beiden Krieger in ihrer Hörweite waren, konnten sie es nicht wagen, offen zu reden.

Erneut bewies Trautman jedoch, dass er noch immer über einen scharfen Verstand verfügte. »Sprichst du die Technikersprache, Kerl?«, fragte er barsch. Dann wiederholte er dieselbe

Frage auf Deutsch, seiner Muttersprache, die auch Mike – zwar nicht überragend, aber doch einigermaßen – beherrschte.

Mike nickte überrascht. Einer der Krieger kam wieder näher und fragte misstrauisch: »Was soll das? Redet so, dass wir euch verstehen!«

»Das ist viel zu umständlich«, erwiderte Trautman. »Die Technikersprache ist präziser und viel kürzer. Wir haben nicht viel Zeit. Du kannst dich ja bei Talan beschweren, wenn er zurück ist.« Der Krieger zögerte. Er war wütend, aber Mike registrierte auch überrascht, dass er einen gewissen Respekt vor Trautman zu haben schien. Schließlich sagte er trotzig: »Darauf kannst du dich verlassen.«

Trautman schenkte ihm noch einen abfälligen Blick, dann wandte er sich wieder an Mike: »Wir haben höchstens eine halbe Stunde, bevor Talan zurück ist –wahrscheinlich mit einer ganzen Armee«, sagte er, nun wieder auf Deutsch. Während er sprach, deutete er immer wieder heftig auf die Instrumente hinab und seine Stimme verlor auch nicht ihren herrisch-befehlenden Ton. »Was ist passiert? Wo kommst du jetzt her und was ist das für eine Geschichte mit Singh und den anderen?«

Mike beugte sich tiefer über das Pult und machte eine übertrieben deutlich fragende Geste, während er gleichzeitig mit möglichst knappen Worten versuchte, Trautman zu erzählen, was seit jenem Morgen im Korallenbruch geschehen war, an dem er sein Gedächtnis zurückerlangt hatte. Trautman hörte schweigend zu, aber sein Gesichtsausdruck verdüsterte sich zusehends. Mike vermochte nicht zu sagen, ob aus Bestürzung über das Gehörte oder aus mangelnder Begeisterung über ihren Plan, die NAUTILUS zu stehlen.

»Das gefällt mir nicht«, sagte er, als Mike geendet hatte. »Ich habe Serena nicht gesehen, seit wir Lemura erreicht haben und getrennt wurden, aber ich weiß, dass er sie wie einen Kronschatz bewachen lässt. Singh wird sie niemals finden.«

»Vielleicht doch«, antwortete Mike. »Sarn war Argos' Vertrauter. Der Kommandeur seiner Leibwache. Wenn jemand sie finden kann, dann er.«

»Was redet ihr da von Sarn und Argos?«, fragte der Posten misstrauisch. »Ich will nicht, dass ihr in dieser Sprache sprecht.«

»Der Junge hat mir erzählt, dass Sarn verschwunden ist«, antwortete Trautman in eindeutig schadenfrohem Tonfall. »Anscheinend verlassen die Ratten das sinkende Schiff.«

»Ich an deiner Stelle würde nicht so reden«, sagte der Krieger wütend. »Argos wird nicht begeistert sein, wenn ich ihm davon erzähle.«

»Und noch viel weniger, wenn ich ihm erzähle, warum die Vorbereitungen für das Auslaufen noch nicht abgeschlossen sind«, sagte Trautman. »Also halt uns nicht länger auf.« An Mike gewandt fuhr er fort: »Wir müssen uns beeilen. Argos und die anderen werden in einer Stunde hier sein. Dann müssen die Vorbereitungen beendet sein.«

Mike beugte sich erneut über das Pult und tat so, als wäre er mit irgendetwas furchtbar beschäftigt. Der Krieger beäugte sie noch einen Moment lang argwöhnisch, wandte sich dann aber wieder um. Jetzt, wo sie wieder in einer Sprache redeten, die auch er verstand, schien sein Misstrauen teilweise besänftigt.

Trautman betätigte ein paar Schalter auf dem Pult. Überall ringsum begannen plötzlich kleine bunte Lämpchen zu flackern und Mike spürte, wie tief im Rumpf der NAUTILUS die Motoren ansprangen. Ihr Geräusch hatte sich verändert. Sie klangen jetzt viel kraftvoller, dabei aber zugleich viel ruhiger.

Sein Erstaunen blieb Trautman nicht verborgen. »Talan und die anderen Ingenieure haben wirklich ganze Arbeit geleistet«, sagte er. »Die NAUTILUS ist jetzt beinahe doppelt so schnell wie zuvor und kann viel tiefer tauchen. Ich hoffe nur, es reicht.«

Der besorgte Ton, in dem Trautman die letzten Worte aussprach, gefiel Mike nicht. Aber er wagte es nicht, eine entsprechende Frage zu stellen. Die Wachen hörten ihnen immer noch zu.

Ein heftiger Ruck ging durch den Rumpf der NAUTILUS. Auf dem Kontrollpult begann ein Dutzend kleiner Lämpchen zu flackern und erlosch wieder. Trautman fluchte, legte einen Schalter um und auf dem neuen Teil des Kommandopultes leuchtete ein kleiner Bildschirm auf, der die Umgebung der NAUTILUS und den gemauerten Steg zeigte. Draußen herrschte ein heilloses Durcheinander. Das Wasser des Hafenbeckens war aufgewühlt. Die NAUTILUS tanzte auf meterhohen Wellen und selbst der gemauerte Steg zitterte so heftig, dass die meisten Sklaven, die sich darauf befunden hatten, mit hektischen Bewegungen um ihr Gleichgewicht kämpften. Einige waren gestürzt und ein paar sogar ins Wasser gefallen.

»Es wird schlimmer«, sagte Trautman besorgt. »Die Beben kommen in immer kürzeren Abständen. Ich weiß nicht, wie lange die Kuppel noch hält.«

»Aber wieso?«, murmelte Mike. »Ausgerechnet jetzt! Das kann doch kein Zufall sein!«

»Ist es auch nicht«, antwortete Trautman düster. »Diese ganze Konstruktion hätte schon vor Jahrtausenden zusammenbrechen müssen. Nur die unermüdliche Ingenieurkunst von Argos' Technikern hat den Verfall bisher aufgehalten – sie und die magischen Kräfte Argos'. Aber seit wir hier sind, haben sie all ihre Kräfte darauf konzentriert, die NAUTILUS zu reparieren und umzubauen. Das Ergebnis siehst du dort draußen. Lemura wird untergehen. Vielleicht schon heute.«

»Das ... das kann ich nicht glauben«, murmelte Mike. »All diese Menschen hier werden sterben, wenn die Kuppel zusammenbricht!«

»Das ist Argos vollkommen egal«, antwortete Trautman. »Sie sind ihm gleich. Wenn er und die anderen Mitglieder der herrschenden Kaste in Sicherheit sind, können sie seinetwegen ruhig sterben. Sie waren ohnehin nicht mehr als ... *Werkzeuge* für ihn.«

Trautman erzählte ihm im Grunde nichts Neues und trotzdem war Mike zutiefst erschüttert. Das Allerschlimmste war und blieb aber das Gefühl der Hilflosigkeit. Das Wissen, absolut nichts für die Menschen hier in Lemura tun zu können, war beinahe mehr, als er ertrug.

Er sah wieder auf den Bildschirm. Das tobende Wasser begann sich zu beruhigen und die Sklaven hatten ihre Packstücke wieder aufgehoben und setzten ihre Arbeit fort, als wäre nichts geschehen. Beherrscht von Argos' Magie begriffen sie wahrscheinlich nicht einmal die Gefahr, in der sie alle schwebten. Und vielleicht, dachte Mike niedergeschlagen, ist es sogar besser so. Sie konnten diese Menschen nicht retten. Warum also sollten sie ihre letzten Stunden in Todesangst verbringen?

Die Zeit verstrich quälend langsam. Die Stunde, von der Trautman dem Krieger gegenüber gesprochen hatte, war vermutlich noch lange nicht verstrichen, aber Mike kam es so vor, als hätte es mindestens zehnmal so lange gedauert. Wie es Ben und den anderen in ihrem winzigen Versteck unten im Rumpf der NAUTILUS ergehen mochte, wagte sich Mike nicht einmal vorzustellen. Er sah immer öfter auf den kleinen Bildschirm. Doch weder Singh und Serena noch Argos und seine Leute tauchten auf dem Steg auf. Nur die Kette der Sklaven, die Vorräte und Waren an Bord des Schiffes brachten, nahm kein Ende.

Plötzlich räusperte sich Trautman, um ihn auf etwas aufmerksam zu machen. Mike sah genauer auf den Bildschirm, aber es vergingen noch einmal Sekunden, ehe auch ihm auffiel, was Trautman bemerkt hatte: Der Zug der Sklaven hielt an und er hatte sich verändert. Bisher waren es vornehmlich Männer gewesen, die Kisten und Säcke aus dem Lagerhaus brachten, allenfalls ein paar Jungen in seinem und Bens Alter. Nun aber entdeckte er unter ihnen auch Frauen, junge Mädchen, ja sogar ein paar Kinder, die kaum in der Lage schienen, die Lasten zu tragen, die man ihnen aufgeladen hatte.

»Was ist da los?«, murmelte Trautman.

Mike wusste die Antwort auf die Frage nicht – und dann, endlich, sah er auf dem Schirm, wonach er so lange vergeblich Ausschau gehalten hatte: Tief nach vorne gebeugt unter großen, prall gefüllten Säcken bewegten sich auch Sarn, Singh und eine schlanke Mädchengestalt mit hüftlangem, goldfarbenem Haar auf die NAUTILUS zu.

Serena!

Mike konnte im letzten Moment einen Aufschrei unterdrücken. Serena? Seit annähernd drei Monaten hatte er sie nicht mehr gesehen, aber ihm wurde erst jetzt klar, wie sehr er sie wirklich vermisst hatte. Sein Herz begann zu klopfen. Er beugte sich weiter vor, um Serenas Gesicht genauer zu erkennen, aber er konnte einfach nicht sagen, ob die Leere in ihrem Blick nur geschauspielert oder echt war.

»Beherrsch dich«, flüsterte Trautman. »Wenn die Wachen sie sehen, ist es aus!«

Damit hatte er natürlich Recht. Mike riss seinen Blick mühsam vom Bildschirm los, beugte sich über das Kontrollpult und tat so, als wäre er damit beschäftigt, die Anzeigen darauf zu überwachen. Aber es kostete ihn all seine Kraft, nicht ununterbrochen wieder auf den Bildschirm zu blicken.

Wenn er gedacht hatte, dass sich die Zeit bisher im Schneckentempo bewegte, so schien sie nun stehen zu bleiben. Minuten vergingen, quälend langsam und scheinbar endlos, und irgendwann hielt es Mike einfach nicht mehr aus und blickte doch auf den Bildschirm. Singh, Serena und Sarn waren nicht mehr darauf zu sehen. Sie mussten die NAUTILUS mittlerweile erreicht haben.

Wieder zitterte das Schiff unter seinen Füßen. Auf dem Wasser des Hafenbeckens auf dem Bildschirm entstand ein kompliziertes Wellenmuster und verging wieder, und als hätten sie nur auf genau diese Ablenkung gewartet, betraten Singh und Sarn in diesem Augenblick den Salon.

Die beiden Krieger reagierten sofort auf das Erscheinen ihres abtrünnigen Kameraden und zogen ihre Schwerter. Aber Sarn war schneller: Mit einer blitzschnellen Bewegung förderte er eine kleine, sonderbar aussehende Waffe unter seinem Umhang hervor, richtete sie nacheinander auf die beiden Krieger und drückte ab. Ein doppeltes, leises Zischen erklang und die beiden Krieger stürzten wie vom Blitz getroffen zu Boden.

»Jetzt!«, schrie Singh mit vollem Stimmaufwand. Nur einen Augenblick später erklang draußen auf dem Gang ein gellender Schrei, gefolgt von den Geräuschen eines Kampfes, der rasch an Heftigkeit zunahm und sich über das gesamte Deck auszubreiten schien. Sarn fuhr wieder herum und war mit einem raschen Schritt aus der Tür. Mike hörte ihn draußen Befehle brüllen und Singh war mit einer raschen Bewegung neben den beiden Kriegern und kniete nieder.

Mike blickte auf den Bildschirm. Der Zug der Sklaven hatte wieder angehalten und er sah, dass an seinem Ende eine große Anzahl Krieger aufgetaucht war, die mit wehenden Mänteln über den Steg rannten. Sie würden zu spät kommen. Noch während die Sklaven hastig beiseite wichen, um den Soldaten Platz zu machen, wurde die Luke im Heck der NAUTILUS geschlossen. Gleich darauf dröhnte ein doppelter, lang nachhallender Schlag durch das Schiff. Mike kannte dieses Geräusch: Der Lukendeckel hatte sich geschlossen und verriegelt.

»Trautman!«, rief Singh. »Starten Sie die Motoren! Schnell! Wir haben nicht viel Zeit!«

Trautman begann hastig an seinen Kontrollinstrumenten zu hantieren und das Motorengeräusch änderte sich. Gleichzeitig zitterte der Boden unter Mikes Füßen stärker, jetzt aber im Rhythmus der Motoren, die allmählich ihre Kraft aufbauten, um das Tauchboot ins freie Meer hinauszukatapultieren.

»Wo ist Serena?«, fragte Mike. »Und Astaroth!?«

»Oben im Turm«, antwortete Singh. »Wir haben sie zurückgelassen, damit ihnen nichts passiert. Sie könnten verletzt werden. Argos' Krieger sind nicht zu unterschätzen. Aber wir werden es schaffen, keine Angst. Wie lange noch?«

Die letzte Frage galt Trautman, der sie mit einem Achselzucken beantwortete. »Ein paar Minuten, aber genau weiß ich es nicht. Diese neuen Maschinen sind viel stärker als unsere alten, aber sie brauchen ein paar Minuten um warm zu laufen.«

Draußen auf dem Gang schien der Kampf mittlerweile zu Ende zu sein, doch nun hörte Mike von überall her aus dem Schiff Schreie und Kampfgetöse. Offenbar tobte in der gesamten NAUTILUS ein erbitterter Kampf.

Sarn kam zurück. Er blutete aus einer kleinen Schnittwunde am Arm, lächelte aber zufrieden. In der rechten Hand trug er noch immer die sonderbare Waffe, mit der er die beiden Krieger niedergestreckt hatte. Als er Mikes Blick bemerkte, machte er eine beruhigende Geste mit der freien Hand.

»Keine Sorge«, sagte er. »Sie tötet nicht, sondern betäubt nur.«

»Woher stammt diese Waffe?«, fragte Mike.

»Ausgeliehen, aus Argos' persönlicher Waffenkammer«,

grinste Sarn. »Ich fürchte nur, er weiß nichts davon.« Er wandte sich an Trautman. »Wann ist es so weit?«

»Zwei Minuten«, sagte Trautman. Dann fragte er: »Wer sind Sie?«

»Der Freund, von dem ich Ihnen erzählt habe«, sagte Mike rasch. »Sarn. Ohne ihn hätten wir das alles nicht geschafft.«

»Sarn, so ...« Trautman machte ein nachdenkliches Gesicht. »Sie kommen mir bekannt vor. Haben wir uns schon einmal gesehen?«

»Das ist gut möglich«, antwortete Sarn. »Ich habe zu Argos' Leibwache gehört.«

»Und jetzt haben Sie einfach die Seiten gewechselt?«, fragte Trautman misstrauisch.

»Das spielt jetzt wirklich keine Rolle«, mischte sich Singh ein. »Verschwinden wir von hier. Schnell!«

Trautman musterte ihn und Sarn noch einmal kurz mit finsteren Blicken, dann zuckte er mit den Schultern und widmete sich wieder seinen Kontrollinstrumenten. Die NAUTILUS zitterte stärker und das Grollen der Maschinen nahm an Lautstärke zu. Auf dem Bildschirm konnte Mike sehen, wie sich das Schiff scheinbar träge vom Steg entfernte und dabei langsam tiefer ins Wasser sank. Draußen, vor dem großen Fenster, durch das man aus dem Salon direkt ins Meer blicken konnte, begann das Wasser zu sprudeln.

»Was sind das für Leute, die ihr mitgebracht habt?«, fragte Trautman.

»Sie gehören zu mir«, antwortete Sarn. »Ein paar Männer mit

ihren Familien, die ich in der Kürze der Zeit erreichen konnte. Es war Singhs Vorschlag.«

Mike sah den Inder überrascht an und Singh zuckte fast verlegen mit den Schultern. »Die NAUTILUS war ohnehin darauf vorbereitet, Passagiere aufzunehmen«, sagte er im Tonfall der Verteidigung. »So können wir wenigstens einige retten.«

Mike war noch immer erstaunt. Natürlich hatte Singh vollkommen richtig gehandelt. Er fragte sich sogar, warum er nicht selbst auf diese an sich nahe liegende Idee gekommen war. Aber dass sie nach allem, was er erlebt hatte, ausgerechnet von Singh kam, überraschte ihn doch. Gleichzeitig erleichterte es ihn aber auch. Anscheinend hatte Argos' Einfluss Singh doch nicht ganz so sehr verändert, wie er bisher befürchtet hatte.

»Wir tauchen«, sagte Trautman. »Singh, ich brauche deine Hilfe.«

»Was ist mit Serena?«, fragte Mike. »Ich möchte sie sehen!«

»Ich lasse deine Freundin holen und das Felltier auch. Keine Sorge.« Sarn lächelte aufmunternd, machte einen halben Schritt aus dem Salon und wechselte ein paar Worte mit jemandem, der draußen auf dem Gang stand. Währenddessen trat Singh neben Trautman und begann mit geschickten Bewegungen am Kontrollpult zu hantieren. Mike war ein bisschen überrascht, als er feststellte, dass Singh auch die neu hinzugekommenen Geräte so selbstverständlich bediente, als hätte er sein Lebtag nichts anderes getan.

»Was genau ist das?« Mike deutete auf das Pult, hinter dem Singh stand.

»Der Gefechtsstand«, antwortete der Inder.

»*Gefechtsstand?*«, ächzte Mike.

Trautman nickte düster. »Talas und seine Ingenieure waren fleißig«, sagte er. »Die NAUTILUS ist jetzt bis an die Zähne bewaffnet.«

»Aber sie ist doch kein Kriegsschiff«, protestierte Mike.

»Jetzt schon«, antwortete Singh lakonisch. »Es gefällt mir genauso wenig wie dir – aber wir werden die Waffen brauchen. Da sind sie!«

Es dauerte eine Sekunde, bis Mike begriff, was Singh mit seinen letzten Worten meinte. Auf dem kleinen Bildschirm war jetzt das Meer vor dem Bug der NAUTILUS zu erkennen. Inmitten des grünen, schäumenden Wassers waren drei schlanke, pfeilförmige Umrisse erschienen. Im allerersten Moment dachte Mike, es handle sich um bizarre Tiefseeungeheuer, dann erkannte er, dass es künstliche Gebilde waren.

»Was ist das?«, fragte er verblüfft.

»Jäger«, antwortete Trautman. »Argos' Privatflotte. Sie sind klein, aber ziemlich gefährlich.«

Mike war vollkommen fassungslos. Alles, was er bisher von Lemura gesehen hatte, hatte ihn den Eindruck gewinnen lassen, sich in einer fast steinzeitlichen Welt zu befinden. Und nun erblickte er drei Miniatur-Tauchboote, deren Technik sich durchaus mit der der NAUTILUS messen konnte! Sein Zorn auf Argos stieg ins Unermessliche. Wie viele Menschen hatten sich wohl zu Tode gearbeitet, damit Argos' Ingenieure diese drei – wie hatte Singh sie genannt – Jäger bauen konnten?

»Achtung!«, schrie Trautman. »Sie schießen!«

Mike sah weder einen Torpedo noch die Spuren irgendeiner

anderen Waffe, doch schon im nächsten Augenblick dröhnte die NAUTILUS unter einem gewaltigen Schlag und legte sich spürbar auf die Seite. Aus der Tiefe des Schiffes hallte ein Chor gellender Schreie an ihre Ohren. Die NAUTILUS richtete sich schwerfällig wieder auf und Singh schlug mit der Faust auf einen Schalter. Einer der Jäger schien plötzlich von einem gewaltigen Faustschlag getroffen zu werden und zerbarst in tausend Stücke. Die beiden anderen Jagd-U-Boote wechselten blitzschnell ihren Kurs. Singhs nächster Schuss ging fehl. Die Jäger waren unheimlich schnell und so wendig wie Fische.

»Ich begreife nicht, warum sie die NAUTILUS stehlen mussten, wenn sie in der Lage sind, solche Schiffe zu bauen«, murmelte Mike.

Singh warf ihm nur einen flüchtigen Blick zu, antwortete aber nicht. Eine Sekunde später dröhnte die NAUTILUS unter einem weiteren Einschlag der unbekannten Waffe. Trautman fluchte und versuchte hektisch, das Schlingern des Schiffes zu stabilisieren. Singh schoss erneut und verfehlte sein Ziel auch diesmal.

»Sie sind zu schnell für uns!«

»Können sie die NAUTILUS beschädigen?«, fragte Mike angstvoll.

»Nicht wirklich«, antwortete Trautman ohne ihn anzusehen. »Gottlob haben Argos' Ingenieure das Schiff ausgezeichnet gepanzert. Aber sie können uns aufhalten und das ist schlimm genug.«

»Wieso?«

»Weil Argos noch ein paar andere Überraschungen auf Lager hat«, knurrte Singh. *»Festhalten!«*

Das letzte Wort hatte er geschrien. Die NAUTILUS erbebte unter gleich zwei Treffern und legte sich so stark auf die Seite, dass Mike sich hastig irgendwo festklammerte, um nicht das Gleichgewicht zu verlieren. Trautman fluchte erneut, betätigte hastig einen Schalter und die Irisblende vor dem großen Fenster begann sich zu schließen. Panzerung oder nicht, dachte Mike, wenn eines der unsichtbaren Geschosse das Fenster trifft und zerschmettert, ist es um uns geschehen.

Als sich das Zittern des Bodens beruhigte, kam Sarn zurück. Er war nicht allein. Serena betrat dicht hinter ihm den Salon und zwischen ihren Füßen lief ein schwarzes, struppiges Fellbündel, das Mike aus einem einzelnen gelb glühenden Auge anblinzelte.

Das ist wieder einmal typisch!, erklang Astaroths Stimme in seinen Gedanken. *Kaum lasse ich euch eine Stunde allein, steckt ihr bis über beide Ohren in Schwierigkeiten!*

Mike ignorierte den Kater, war mit einem Satz bei Serena und schloss sie in die Arme. »Serena!«, rief er überglücklich. »Gott sei Dank, Serena! Du bist gesund und ...«

Er sprach nicht weiter. Serena erwiderte seine Umarmung nicht, sondern versteifte sich regelrecht. Mit klopfendem Herzen trat er einen halben Schritt zurück und sah dem Mädchen ins Gesicht.

In seinem Hals war plötzlich ein bitterer Kloß. Für ein paar Sekunden musste er mit aller Kraft gegen die Tränen ankämpfen. Er hatte geahnt, ja im Grunde sogar gewusst, was ihn erwartete, und trotzdem brach ihm der Anblick fast das Herz. Serenas Augen waren leer. Ihr Bewusstsein war so ausgelöscht wie das Bens und der anderen. So wie es sein eigenes gewesen war, bevor Astaroth ihn geheilt hatte.

»Serena!«, sagte er. »Erkennst du mich denn nicht? Ich bin es! Mike!«

Serena sah ihn nur fragend an. Einen Moment lang schien so etwas wie Erkennen in ihren Augen aufzublitzen, doch dann gestand sich Mike ein, dass er nur etwas in ihrem Blick sah, was er sehen *wollte;* nicht, was wirklich darin war.

Gib dir keine Mühe, sagte Astaroth. *Sie weiß nicht, wer du bist. Sie hat nicht einmal mich erkannt. Bei ihr war Argos ganz besonders gründlich.*

»Aber warum?«, fragte Mike.

Weil er Angst vor ihr hat, antwortete Astaroth.

»Angst?«

Ihre geistigen Kräfte sind ebenso groß wie seine eigenen, hast du das schon vergessen?, fragte Astaroth. *Sie kann ihre Magie nicht mehr ausüben, aber die Kraft ist noch da. Argos hat wohl gehofft, sie später für sich selbst nutzen zu können.*

»Kannst du ihr helfen?«, fragte Mike.

Ich glaube schon, antwortete Astaroth, *aber nicht jetzt. Sie braucht Zeit. Und Ruhe.*

Wie um seine Worte zu unterstreichen, erbebte die NAUTILUS unter einem weiteren Treffer. Mike hob rasch den Blick zum Bildschirm und sah, dass sie mittlerweile dicht über den Grund des unterseeischen Hafenbeckens dahinglitten.

Singh feuerte mit den neuen Waffen der NAUTILUS zurück. Er verfehlte die Jäger auch diesmal, aber der Meeresboden neben einem der beiden pfeilförmigen Schiffe explodierte wie unter dem Einschlag einer Bombe.

»Da ist die Ausfahrt«, sagte Trautman. »Verdammt! Sie schließen die Tore!«

Inmitten des sprudelnden grünen Wassers sah Mike den Rand der gewaltigen Unterseekuppel. Genau vor dem Bug der NAUTILUS befand sich ein riesiges, sechseckiges Tor, groß genug, um fünf Schiffe von den Abmessungen der NAUTILUS passieren zu lassen. Aber Mike sah auch die gewaltigen Torflügel, die sich schnell davor schoben. Sie würden es nicht schaffen.

Trautman hatte Recht: Die Jäger konnten die NAUTILUS möglicherweise nicht wirklich beschädigen, aber ihr hartnäckiger Beschuss verlangsamte das Schiff und das war alles, was nötig war. Wenn sie die Tore schlössen, dann war die NAUTILUS unwiderruflich in der Unterseekuppel gefangen.

»Das schaffen wir nicht«, sagte Trautman.

»O doch«, antwortete Singh grimmig. »Haltet euch fest!«

Auf Trautmans Gesicht erschien ein bestürzter, ja beinahe entsetzter Ausdruck, und noch bevor Mike wirklich begriff, was das bedeuten mochte, hämmerte Singhs geballte Faust auf das Kontrollpult. Mike starrte fassungslos auf den Bildschirm und sah, wie sich zwei schlanke Schatten vom Bug der NAUTILUS lösten und auf das Unterwassertor zurasten.

»Singh!«, brüllte Trautman. *»Bist du wahnsinnig geworden?«*

Singhs Antwort ging im Krachen einer ungeheuren Explosion unter. Ein grellweißer Blitz löschte für einen Moment das Bild auf dem Monitor aus, und noch bevor die tanzenden Funken vor

Mikes Augen verschwanden, schien die NAUTILUS vom Fußtritt eines Riesen getroffen und wie ein Spielzeug davongewirbelt zu werden. Diesmal blieb niemand im Salon auf den Füßen.

Mike blieb einige Sekunden benommen liegen und wartete, dass das Schiff und der Rest der Welt aufhörten, sich um ihn zu drehen. Die NAUTILUS schaukelte noch immer wild hin und her. Der Boden kippte von links nach rechts und wieder zurück und aus dem bisher gleichmäßigen Brummen der Motoren war ein unregelmäßiges, mühsames Stampfen und Schnauben geworden.

Langsam richtete sich Mike auf. Sein Kopf dröhnte und er hatte sich eine Rippe angeschlagen, die entsetzlich wehtat. Trotzdem galt sein erster Blick Serena.

Die Atlanterin richtete sich neben ihm auf; benommen, aber offensichtlich unverletzt. Neben ihr versuchte ein zerrupftes schwarzes Fellbündel auf die Pfoten zu kommen und in Mikes Gedanken erklang ein wahrer Schwall der unflätigsten Flüche, die Mike je gehört hatte. Er ignorierte sie und stand auf.

Auf der anderen Seite des Kontrollpultes zogen sich Singh und Trautman in die Höhe. Trautmans Gesicht war blutig, aber er sah viel mehr wütend als verletzt aus.

Mike blickte auf den Bildschirm. In den riesigen Torflügeln gähnte jetzt ein gewaltiges, gezacktes Loch. Von den beiden Jagd-U-Booten war keine Spur mehr zu sehen. Die Explosion der beiden Torpedos hatte sie entweder zerstört oder so weit davongewirbelt, dass sie im Moment keine Gefahr mehr darstellten.

Mike begriff erst nach und nach, was das, was Singh getan

hatte, *wirklich* bedeutete. Ungläubig starrte er den Inder an. »Warum ... warum hast du das ... getan?«, stammelte er.

»Weil wir sonst gefangen gewesen wären«, antwortete Singh. »Würdest du gerne den Rest deines Lebens hier unten verbringen?«

»Das ist Wahnsinn!«, keuchte Mike. »Die ganze Kuppel hätte zusammenstürzen können! Hier unten leben fast zwanzigtausend Menschen, Singh!«

»Und?«, fragte der Inder kalt. »Sie sterben doch sowieso in ein paar Tagen.«

Ein Schlag ins Gesicht hätte Mike nicht härter treffen können. Er wollte irgendetwas sagen, aber er konnte es nicht. Der Mann, der vor ihm stand, schien nichts, aber auch rein gar nichts mehr mit dem Singh gemein zu haben, den er bisher gekannt hatte.

Jetzt spinnt er total, maulte Astaroths Stimme in seinen Gedanken. *Ich glaube, um ihn muss ich mich wohl zuerst kümmern. Argos hat sein Gehirn noch mehr verdreht als das der anderen.*

Nicht jetzt, antwortete Mike auf dieselbe lautlose Art. *Bitte geh nach unten und kümmere dich um Ben und die anderen. Sie sind in dem kleinen Raum neben dem Lager.*

Astaroth fügte noch ein paar wenig schmeichelhafte Bemerkungen über Singhs Geisteszustand hinzu, stand dann aber gelassen auf und trollte sich. Mike hatte ihn nicht nur fortgeschickt, weil er sich um Ben und die anderen sorgte, die in der winzigen Kammer eingesperrt waren. Er hatte plötzlich das sichere Gefühl, dass er Ben und die beiden anderen vielleicht *brauchte.* Niemand konnte sagen, für welche unangenehme

Überraschung Singh noch gut war. Was um alles in der Welt hatte Argos Singh nur angetan?

Während Mike mit Astaroth geredet hatte, war es Trautman gelungen, die Kontrolle über die NAUTILUS zurückzuerlangen und das Schiff zu stabilisieren. Das Motorengeräusch klang nun wieder gleichmäßig. Langsam, aber allmählich wieder schneller werdend, bewegte sich die NAUTILUS auf die gewaltsam geschaffene Öffnung zu und glitt hindurch.

Mike hielt den Atem an, als sie die gewaltige Unterseekuppel verließen. Mit einem Mal umgab sie vollkommene Schwärze. Die NAUTILUS befand sich jetzt im offenen Meer und auf ihrem Rumpf lastete der Druck von mehr als fünftausend Metern Wasser; eine Belastung, die das Schiff normalerweise kaum lange ausgehalten hätte. Doch nichts von alledem, was Mike erwartete, geschah. Das gequälte Stöhnen des Rumpfes blieb ebenso aus wie das Krachen überlasteter Nieten und das Knistern von Metall, das die Grenzen seiner Tragfähigkeit erreicht hatte. Wie Trautman es gesagt hatte, konnte die NAUTILUS jetzt viel tiefer tauchen als zuvor. Argos' Ingenieure hatten ein wahres Wunder vollbracht.

Mike sah in Trautmans und Singhs Gesicht und ein einziger Blick reichte aus um ihm klar zu machen, dass die Gefahr noch nicht vorüber war. Beide starrten konzentriert auf den Bildschirm und auch Sarn wirkte plötzlich angespannt, beinahe ängstlich.

Bevor Mike eine entsprechende Frage stellen konnte, schaltete Trautman die großen Scheinwerfer der NAUTILUS ein. Im Schein der turmdicken Lichtstrahlen erkannte Mike eine Anzahl kleiner, silbrig glänzender Umrisse, die sich zu schnell bewegten, um sie identifizieren zu können. Trotzdem erinnerten sie ihn an etwas. Und es war keine gute Erinnerung ...

»Sind das ... Haie?«, murmelte er. »In *dieser* Tiefe? Aber das ist doch unmöglich!«

»Es sind keine normalen Haie«, antwortete Trautman und Singh sagte:

»Du hast vorhin gefragt, wieso sie die NAUTILUS brauchen. Da hast du die Antwort.«

Mike sah noch einmal hin und sein Atem stockte, als ihm klar wurde, was Singh mit seinen Worten meinte. Die silbrigen Umrisse, deren Zahl immer mehr und mehr zunahm, waren tatsächlich Haie; Tiere der unterschiedlichsten Gattung: Tigerhaie, Hammerhaie, die gefürchteten weißen Haie, aber auch Arten, wie Mike sie noch niemals erblickt hatte. Alle Tiere waren groß, aber es waren auch wahre Giganten unter ihnen, zwanzig Meter lange Walhaie und andere, noch viel größere Kolosse.

Es war nicht das erste Mal, dass Mike diese unterirdische Haifisch-Armee sah. Schon als die NAUTILUS die Stadt auf dem Meeresgrund erreicht hatte, war sie von zahllosen Haien der unterschiedlichsten Art flankiert worden. Diesmal aber waren es mehr, sehr viel mehr der gefährlichen Tiere. Und er sah nicht nur die unheimlichen Riesenhaie, von denen einige fast halb so lang wie die NAUTILUS zu sein schienen, sondern zwischen ihnen auch kleinere, bizarre Geschöpfe, die wie eine grauenhafte Mischung aus Mensch und Haifisch aussahen. Er war Wesen wie diesen schon mehrmals begegnet – an Bord der NAUTILUS, im Wrack des gesunkenen Frachters, aus dem sie Argos' Kameraden geborgen hatten, und das letzte Mal am vergangenen Morgen in den unterirdischen Erzgruben Lemuras.

»Sieh hin«, sagte Singh.

Nicht dass seine Aufforderung nötig gewesen wäre. Mike war viel zu gebannt von dem unheimlichen Anblick, als dass es ihm auch nur möglich gewesen wäre, den Blick vom Bildschirm zu lösen, selbst wenn er es gewollt hätte.

Die Anzahl der Haie wuchs immer weiter. Es mussten mittlerweile nicht mehr Hunderte sein, sondern Tausende. Die Raubfische umkreisten die NAUTILUS in dichten Schwärmen.

»Es scheint zu funktionieren«, murmelte Trautman gepresst.

»Was?«, fragte Mike.

Trautman deutete auf einen der gigantischen Walhaie. Mike schätzte die Länge des Tieres auf fünfunddreißig Meter, wenn nicht mehr. »Den Burschen da erkenne ich wieder«, sagte Trautman. »Als wir das letzte Mal versucht haben, die Kuppel zu verlassen, haben er und ein paar seiner Brüder die NAUTILUS beinahe in Stücke gerissen.«

Aus Mikes Beunruhigung wurde allmählich nackte Angst. Er glaubte Trautman aufs Wort. Der Walhai war nicht annähernd so groß wie die NAUTILUS, aber Mike wusste, wie unvorstellbar stark diese Tiere waren. Einem Angriff gleich Dutzender dieser Kolosse würde nicht einmal die NAUTILUS standhalten.

Seltsamerweise griffen die Tiere jedoch nicht an. Es wurden immer noch mehr und sie kamen auch näher, hielten aber trotzdem einen gewissen Abstand zur NAUTILUS ein. Zwischen ihnen gewahrte er immer mehr der unheimlichen Haifischmenschen.

»Wächter«, murmelte er. »Chris nannte sie *Wächter*.«

Singh nickte grimmig. »Ein letzter Gruß von Serenas Vater«, sagte er mit zornbebender Stimme. »Die alten Atlanter haben diese Ungeheuer erschaffen um Lemura zu bewachen. Sie sind erbarmungslos. Schlimmer als Maschinen.«

»Deshalb sind sie immer in unserer Nähe aufgetaucht, seit wir Argos begegnet sind«, murmelte Mike. »Sie waren hinter ihm her, gar nicht hinter uns.«

»Niemand kann ihnen entkommen«, bestätigte Singh. »Sie wurden dazu erschaffen, die Bewohner Lemuras zu bewachen und überall aufzuspüren, ganz egal, wohin sie auch fliehen.«

Auf dem kleinen Bildschirm entstand plötzlich hektische Bewegung. Die Hai-Armee teilte sich. Der größte Teil blieb bei der NAUTILUS zurück, aber hunderte der Tiere bewegten sich auf das gewaltige Loch in der Unterseekuppel zu, durch das die NAUTILUS herausgekommen war. Eine Sekunde später erkannte Mike auch den Grund dafür: Die beiden Jagd-U-Boote, die ihnen schon im Hafenbecken zu schaffen gemacht hatten, schossen wie große silberne Fische aus der Kuppel heraus und nahmen unverzüglich Kurs auf die NAUTILUS.

»Diese Narren!«, sagte Singh verächtlich. »Sie werden sich nur selbst umbringen!«

Als hätten sie nur auf diese Worte gewartet, stürzten sich dutzende von Haien auf die Jäger. Die meisten Tiere verfehlten ihr Ziel, denn die winzigen Tauchboote bewegten sich mit geradezu unglaublicher Schnelligkeit, aber einige trafen eben doch. Die kleineren Haie wurden einfach zur Seite geschleudert, doch dann prallte einer der Walhaie gegen die vordere Maschine. Der

Jäger wurde zurückgeschleudert und begann hilflos zu trudeln und damit war sein Schicksal besiegelt. Blitzartig stürzten sich dutzende von Haien auf das winzige Tauchboot und das Wasser schien für einen Moment regelrecht zu kochen. Als es vorbei war, sanken mindestens ein Dutzend Haifische auf den Meeresboden, aber von dem Jäger war nur noch ein verbeultes, aufgerissenes Wrack übrig, aus dem eine Kette silberner Luftblasen aufstieg.

Der zweite Jäger überlebte seinen Kameraden nur um Sekunden. Der Steuermann musste die Ausweglosigkeit seiner Situation begriffen haben, denn er versuchte zu wenden und die Kuppelstadt wieder zu erreichen, aber die Haie ließen ihm keine Chance. Die grauen Wächter erfüllten ihre Aufgabe gnadenlos. Niemand, der in der Unterseekuppel geboren war, durfte sie verlassen, ohne mit dem Leben dafür zu bezahlen.

»Dummköpfe!«, sagte Singh verächtlich. »Sie hätten wissen müssen, was passiert. Geschieht ihnen Recht!« Mike nahm diese neuerliche Ungeheuerlichkeit kaum noch zur Kenntnis, aber er nahm sich fest vor, dass sich Astaroth zuerst um *Singh* kümmern würde, wenn alles vorbei war.

Falls sie dann noch lebten, hieß das.

Die überlebenden Haie kehrten zurück und schlossen sich der schwimmenden Armee an, die die NAUTILUS umkreiste. »Wieso ... greifen sie uns nicht an?«, murmelte Mike.

»Aus demselben Grund, aus dem sie die NAUTILUS verschont haben, als wir hergekommen sind«, antwortete Trautman. »Sie wurden dazu geschaffen, die Gefangenen in Lemura zu bewachen, aber sie können keinem Menschen ein Leid antun.« Er sah Singh an. Seine Augen leuchteten kurz und triumphierend auf. »Es funktioniert, Singh! Eure Gegenwart hier macht es ihnen unmöglich, die NAUTILUS anzugreifen!«

Eure Gegenwart?, dachte Mike. *Wieso benutzte Trautman diese sonderbare Formulierung?*

Bevor er den Gedanken weiter verfolgen konnte, erscholl ein helles, durchdringendes Scharren. Mike fuhr erschrocken zusammen und wirbelte herum. Das Scharren wiederholte sich und jetzt begriff er auch, woher es kam: Etwas kratzte an der Scheibe hinter der geschlossenen Irisblende.

»Was bedeutet das?«, flüsterte Trautman. Singh zuckte nur wortlos die Achseln und presste die Lippen zusammen. Mike sah auf dem Bildschirm, wie sich die Hai-Armee mehr und mehr der NAUTILUS näherte. Er konnte selbst nicht genau sagen, was, aber an den Bewegungen der Tiere war plötzlich etwas ungemein Bedrohliches. Dann begriff er, dass sie sich zum Angriff sammelten.

Auch Singh schien zu demselben Schluss gekommen zu sein, denn er streckte die Hände nach den Kontrollinstrumenten der Waffen aus.

»Um Gottes willen!«, keuchte Mike. »Nicht! Ein Schuss und wir sind tot!«

Singh zog die Hand so erschrocken zurück, als hätte er eine glühende Herdplatte berührt. Das Kratzen an der Scheibe wiederholte sich. Es klang fordernder, befehlender.

»Machen Sie die Blende auf«, sagte Mike. »Trautman! Schnell!«

Trautman sah ihn eine Sekunde lang fassungslos an, aber

dann reagierte er und drückte einen Knopf auf dem Pult vor sich. Ein helles Summen erklang und die Irisblende vor dem Fenster schob sich auseinander und Mike starrte in einen wahren Albtraum von Gesicht.

Das Wesen hatte den Körperbau eines Menschen, zugleich aber auch deutlich etwas von einem Fisch. Seine Haut war so grob und zäh wie die eines Haies und sein Gesicht war eine Grauen erregende Mischung aus dem eines Haies und etwas, was einmal menschlich gewesen war. Zwischen den Fingern seiner Hände spannten sich dünne, zähe Schwimmhäute.

Mike war zutiefst entsetzt, aber der Grund für dieses Entsetzen war nicht allein das Furcht einflößende Äußere der Kreatur. Noch viel mehr erschütterte ihn der Gedanke, dass die Vorfahren dieses Geschöpfes einmal Menschen gewesen waren. Argos und die anderen Herrscher von Lemura waren seiner Meinung nach Verbrecher, die etwas wirklich Schreckliches getan hatten – aber der, der diese Geschöpfe erschaffen hatte, musste ein wahres Monster gewesen sein. Einen Moment lang weigerte er sich einfach zu glauben, dass es Serenas Vater gewesen sein sollte.

»Was tut er da?«, flüsterte Singh.

Mike antwortete nicht gleich, sondern raffte all seinen Mut zusammen und trat dichter ans Fenster heran. Der Wächter bewegte sich zur Seite, um ihn genauer ansehen zu können. Mike schauderte, als er in seine riesigen, starren Haifischaugen blickte.

»Was tut er?«, fragte Singh noch einmal. Seine Stimme zitterte und schien kurz davor, einfach umzukippen.

»Ich glaube, sie sind sich nicht sicher«, sagte Mike. »Sie haben Recht, Trautman. Sie spüren unsere Anwesenheit. Aber sie fühlen auch die der Lemurer. Sie wissen nicht, was sie tun sollen.« Er überlegte einen Moment angestrengt, dann winkte er Serena herbei.

»Serena! Singh! Kommt her!«

Serena setzte sich gehorsam in Bewegung, wie er es erwartet hatte, aber Singh zögerte endlose Sekunden, ehe er hinter seinem Pult hervorkam und an Mikes Seite trat. Der Haifischmann bewegte sich unruhig. Sein Blick tastete über Mikes und Serenas Gesichter, taxierte einen Moment lang Singh und kehrte dann zu Mike zurück. Er konnte die Unsicherheit des Geschöpfes regelrecht spüren.

»Es genügt nicht«, murmelte Trautman. »Wir sind zu wenige!«

Vielleicht stimmte das. Die Kreatur blickte immer wieder von Mike zu Serena, Singh und wieder zurück, aber ihre Unsicherheit schien mit jedem Blick noch zu wachsen.

»Wir brauchen die anderen«, murmelte Mike. Vielleicht reichte es, wenn er dem Wächter mehr *unbeteiligte Menschen* zeigte, die er nicht angreifen durfte. »Astaroth!«

Er bekam keine Antwort und wiederholte seinen Ruf in Gedanken und so intensiv er nur konnte. *Astaroth! Wo bleibst du?*

Diesmal bekam er sofort eine Antwort. *Jetzt hetz mich nicht!*, maulte der Kater. *Ich bin fast da!*

Astaroth! Wir haben keine Zeit für Scherze!, dachte Mike konzentriert. *Du musst Ben, Chris und Juan hierher bringen! So schnell wie möglich! Es ist lebenswichtig!*

Okay, okay, okay, nörgelte Astaroth. *Ich bin schon da. Noch diese Tür und…*

Plötzlich verstummte die lautlose Stimme des Katers und das mitten im Wort. Mike wartete eine oder zwei Sekunden vergeblich darauf, dass Astaroth weitersprach, dann rief er in Gedanken ein paar Mal seinen Namen, so intensiv er nur konnte.

Er bekam keine Antwort. In seinen Gedanken herrschte nur Stille.

»Verdammt!«, murmelte er.

»Was ist?«, fragte Singh nervös.

»Astaroth«, antwortete Mike. »Er antwortet nicht! Irgendetwas stimmt da nicht!« Er überlegte nur eine Sekunde, dann kam er zu einem Entschluss.

»Ich muss zu ihm!«

»Bist du verrückt?«, keuchte Singh. »Du kannst doch nicht weggehen! Sie werden uns angreifen!«

»Das werden sie sowieso«, antwortete Mike. »Ich muss die anderen holen. Halt sie auf, irgendwie!«

Er gab Singh gar keine Gelegenheit zu widersprechen, sondern fuhr herum und rannte aus dem Salon, so schnell er konnte. Irgendetwas war dort unten passiert und er musste herausfinden, was. Er wusste einfach, dass es wichtig war.

Vielleicht lebenswichtig.

Der Weg nach unten wurde zu einem wahren Spießrutenlauf. In der NAUTILUS herrschte eine unglaubliche Enge. Mike hatte alle Mühe, sich durch den überfüllten Gang zu quetschen. Männer, Frauen und Kinder drängelten sich buchstäblich auf jedem Fußbreit Boden. Selbst auf der Treppe nach unten saßen Menschen und stapelten sich Kisten und Säcke mit mitgebrachten Waren und hier und da entdeckte er auch einige von Argos' Kriegern, die ihre Waffen abgegeben hatten, aber zum Großteil unverletzt waren. Offenbar waren sie klug genug gewesen, den zahlenmäßig hoffnungslos überlegenen Angreifern nicht allzu viel Widerstand entgegenzusetzen. Wenn er den Lärm bedachte, den sie gehört hatten, dann hatte der Kampf erstaunlich wenig Opfer gefordert.

Da die NAUTILUS hoffnungslos überfüllt war, brauchte er fast zehn Minuten, um das untere Deck und den Eingang der Kammer zu erreichen, in der er Ben und die anderen zurückgelassen hatte.

Die Tür stand weit offen. Zwei der Männer, die er mit an Bord genommen hatte, waren auf den Gang herausgetreten und sahen ihm ausdruckslos entgegen und Mikes Herz begann zu klopfen, während er die letzten Schritte zurücklegte. Seine Fantasie gaukelte ihm die düstersten Schreckensbilder vor, die hinter der Tür auf ihn warten mochten.

Der Anblick, der sich ihm bot, war aber vollkommen anders. Ben, Juan und Chris saßen zusammengekauert in einer Ecke und starrten mit leerem Blick vor sich hin. Astaroth saß zwischen ihnen und putzte sich, als wäre es das Selbstverständlichste von der Welt.

»Astaroth?«, fragte Mike. »Warum antwortest du nicht?«

Astaroth antwortete auch jetzt nicht, er reagierte nicht einmal auf seine Stimme, sondern fuhr fort, sich in aller Seelenruhe auf Katzenart zu putzen. Mike sah ihn noch eine Sekunde lang verwirrt an, dann war er mit einem Schritt bei ihm, ließ sich in die Hocke sinken und drehte den Kater fast gewaltsam herum.

Astaroth fauchte, bleckte warnend die Zähne und schlug mit der Pfote nach ihm. Mike zog die Hand erschrocken zurück, aber nicht schnell genug – auf seinem Handrücken blieb ein langer, blutiger Kratzer zurück.

»Bist du verrückt geworden?«, ächzte Mike. »Astaroth, was ist denn in dich gefahren?«

Astaroth fauchte noch einmal, entfernte sich rückwärts gehend noch ein Stück weit von ihm und fuhr dann herum, um schnell wie der Blitz aus dem Raum zu fliehen. Mike sah ihm erschrocken nach.

Als er sich wieder aufrichtete, raschelte es unter seinen Füßen. Überrascht sah er an sich herab und bemerkte, dass er auf eines der Paketstücke getreten war – den Sack, den er selbst hereingebracht hatte. Eigentlich ohne selbst genau zu wissen, warum, ließ er sich noch einmal in die Hocke sinken und öffnete den Sack.

Er enthielt nichts außer eingetrockneten, braunen und grünen Blättern. Blätter einer ganz bestimmten Art, die Mike schon einmal gesehen hatte ...

Und dann wusste er auch, wo.

»Der Kristallwald«, murmelte er. Blätter wie diese waren auf den Bäumen in dem kleinen Hain gewachsen, in dem sie auf Sarn gewartet hatten. Demselben Wald, in dem Astaroth das erste Mal so sonderbar reagiert hatte, ohne sich hinterher auch nur daran erinnern zu können.

Mike dachte einen Moment angestrengt nach, dann winkte

er einen der Männer zu sich herein. »Du da!«, sagte er. »Der Kristallwald! Was weißt du darüber?«

»Der Kristallwald?« Der Mann sah ihn fragend an. »Was soll damit sein? Wieso fragst du?«

»Ich will nur wissen, warum er diesen Namen hat«, sagte Mike. »Ich habe dort keine Kristalle gesehen.«

»Darüber weiß ich nichts«, antwortete der Mann. »Ich war niemals dort.«

In einer Welt, die so klein wie Lemura ist, ist dies im Grunde nicht vorstellbar, dachte Mike. Aber er verzichtete darauf, dem Mann eine entsprechende Frage zu stellen. Er spürte ganz deutlich, dass er diese Frage nicht beantworten *wollte.* Aber warum?

»Es sind die Blätter«, sagte Juan plötzlich. »Sie enthalten die Kristalle. Sie wachsen darin.«

Mike starrte Juan einen Moment lang verwirrt an, dann betrachtete er die vertrockneten Blätter noch einmal genauer. Als er sie mit spitzen Fingern auseinander zupfte, rieselten unzählige winzige, schimmernde Kristallsplitter zu Boden, keiner davon größer als ein Stecknadelkopf.

»Woher weißt du das?«, fragte er verblüfft.

»Wir mussten die Blätter ernten«, sagte Juan, »bevor wir in die Eisengruben kamen. Es ist gefährlich.«

»Gefährlich?«

»Man bekommt schlechte Träume, wenn man zu lange in ihrer Nähe ist«, sagte Juan. »Manche sind gestorben.«

Mike ließ das Blatt behutsam wieder zu Boden sinken, rieb sich sorgfältig die Kristallsplitter von den Händen und stand auf. Auf eine entsprechende Geste hin erhoben sich auch Ben und die anderen und verließen die Kammer. Mike folgte ihnen, blieb dann aber noch einmal stehen und sah auf den prall gefüllten Sack hinab. Kristalle, die schlechte Träume bringen ...

»Was habt ihr damit gemacht?«, fragte er. »Wofür sind diese Kristalle gut?«

»Ich weiß es nicht, Herr«, antwortete Juan. »Die Krieger haben sie abgeholt und in den Palast gebracht.«

Plötzlich hatte Mike das Gefühl, der Lösung aller Fragen so nahe zu sein wie nie zuvor. Irgendetwas stimmte nicht, nicht nur mit Astaroth und seinen Freunden, sondern mit dieser ganzen *Situation.* Und er wusste einfach, dass er alle Teile der Antwort bereits besaß und nur nicht in der Lage war, sie in die richtige Reihenfolge zu sortieren.

Doch er kam auch diesmal nicht dazu, den Gedanken zu Ende zu verfolgen. In dem Gang hinter ihm entstand Aufregung, dann gellte ein Chor entsetzter Schreie durch das Schiff. Verwirrt und vollkommen ratlos drehte sich Mike herum –

Und erstarrte vor Entsetzen.

Nur ein Dutzend Schritte entfernt hatte sich die Tür der Tauchkammer geöffnet und eine riesenhafte, graue Gestalt trat heraus.

Es war kein Mensch. Über den breiten, muskulösen Schultern thronte ein gewaltiger kahler Schädel, ohne dass es einen Hals dazwischen gab. Die zu weit an den Seiten stehenden starren Augen blickten kalt und waren von einem Intellekt erfüllt, der vollkommen anders war als der eines Menschen. Das Geschöpf hatte keine Nase und sein Mund war der eines Haifisches, breit und geschlitzt und starrend vor Zähnen.

Das Auftauchen des Monsters löste eine Panik aus. Die Menschen flohen entsetzt, wobei sie sich rücksichtslos gegenseitig niederrempelten und die aus dem Weg stießen, die das Pech hatten, nicht schnell genug laufen zu können. Nach wenigen Augenblicken waren Mike, die drei anderen Jungen und Astaroth mit dem Haifischmann allein. Das Wesen sah den Fliehenden einen Moment lang aus seinen unheimlichen Fischaugen nach, dann drehte es sich langsam herum und machte einen Schritt in Mikes Richtung. Hinter ihm trat ein weiterer grauer Riese aus der Schleusenkammer und Mike glaubte zu sehen, dass sich hinter diesem noch mehr Haifischmänner in der Tauchkammer aufhielten. Trautman musste entweder vergessen haben, die äußere Schleusenkammer zu schließen – oder die Geschöpfe waren in der Lage, den komplizierten Mechanismus zu bedienen.

Astaroth trat mit lautlosen Schritten neben ihn und sah aus einem gelb leuchtenden Auge zu dem Haifischwesen auf.

Ist wieder alles in Ordnung mit dir?, fragte Mike in Gedanken.

Wieder?, fragte Astaroth. *Was soll das bedeuten?*

Astaroth erinnerte sich offensichtlich nicht mehr daran, wieder einen kurzzeitigen Gedächtnisverlust erlitten zu haben, und Mike sprach ihn auch nicht darauf an. Jetzt war wirklich nicht der richtige Moment dafür.

Das Haifischwesen kam näher. Sein Blick glitt taxierend über Mikes Gesicht, löste sich von ihm und glitt dann über die Gesichter der drei anderen.

Kannst du seine Gedanken lesen?, fragte Mike.

Nein, antwortete Astaroth. *Aber ich ... spüre irgendwie, was in ihm vorgeht. Du brauchst keine Angst vor ihm zu haben. Er ist nicht feindselig. Nur verwirrt.*

Das Geschöpf trat einen weiteren Schritt auf ihn zu, blieb wieder stehen und drehte sich dann mit einem Ruck um. Im allerersten Moment hoffte Mike, dass es zurück in die Tauchkammer gehen würde, um das Schiff auf demselben Weg wieder zu verlassen, auf dem es gekommen war. Stattdessen jedoch öffnete sich die Tür noch mehr und zwei weitere Wächter traten hinaus.

»Sie ... sie wollen in den Salon!«, begriff Mike. »Nichts wie hinterher! Wenn sie auf Sarn und seine Leute treffen, geschieht eine Katastrophe!«

Astaroth raste auf der Stelle los, während Mike versuchte, Ben, Chris und Juan gleichzeitig vor sich herzuscheuchen. Obwohl sie mehr stolperten als gingen, holten sie die drei Wächter noch vor der Treppe ein und drängelten sich an ihnen vorbei. Mikes Herz klopfte bis zum Hals, als er den unheimlichen Geschöpfen dabei ganz nahe kam, aber die drei anderen zeigten nicht einmal eine Spur von Furcht.

Sie rasten die Wendeltreppe hinauf, legten einen kurzen Endspurt ein und stolperten hintereinander in den Salon. Trautman stand noch immer hinter den Kontrollinstrumenten, während Singh und Sarn nebeneinander vor dem Fenster standen und gebannt hinaussahen. Serena saß auf dem Sofa auf der anderen Seite des großen Raumes und Astaroth war auf ihren Schoß gesprungen, hopste aufgeregt herum und miaute in hohen, fast hysterischen Tönen. Mike hatte eine vage Vorstellung davon, was der Kater versuchte, aber er war ziemlich sicher, dass seine Zeit nicht ausreichen würde.

»Es werden immer mehr«, murmelte Singh. »Was haben sie vor?«

Mike sah an ihm und Sarn vorbei aus dem Fenster. Die Zahl der Haifische war ins Unermessliche gestiegen, sodass man den Ozean dahinter kaum noch erkennen konnte. Sie bildeten eine regelrechte Mauer vor der NAUTILUS.

»Vielleicht sollten wir weiterfahren«, murmelte Sarn. »Nur ganz vorsichtig.«

»Nein!«, sagte Mike rasch. Sarn, Trautman und Singh sahen ihn fragend an und Mike fügte mit einer nervösen Geste zum Fenster hinzu: »Wenn wir das tun, greifen sie an. Sie sind unschlüssig. Sie wissen nicht, was sie tun sollen.«

»Woher willst du das wissen?«, fragte Sarn. »Niemand kann sagen, was –«

Er verstummte mit einem scharfen, erschrockenen Laut und Singhs Augen weiteten sich entsetzt, als sein Blick auf die Gestalt hinter Mike fiel. Mike musste sich nicht herumdrehen um zu wissen, was er und der Lemurer sahen.

»Nicht bewegen!«, keuchte er. »Sarn, mach keinen Fehler! Sie tun uns nichts!«

Die drei Haifischwesen bewegten sich langsam an ihm vorbei und weiter in den Raum hinein. Sarn zog abermals scharf die Luft ein und konnte einfach nicht mehr anders als einen Schritt vor den grauen Kolossen zurückzuweichen und auch Singh versteifte sich sichtbar. Anders als Ben, Juan und Chris hatte er eindeutig Angst vor den Wächtern.

Es war, als bliebe die Zeit stehen. Zwei der Haifischmänner nahmen links und rechts der Tür Aufstellung, während der dritte mit langsamen Schritten auf Singh und die beiden anderen zuging. Sarn wich zitternd vor Furcht weiter zurück, bis er mit dem Rücken gegen das Fenster stieß. Singhs Blick flackerte. Auch er konnte sich kaum noch beherrschen und selbst Trautman war so weit hinter sein Kommandopult zurückgewichen, wie er nur konnte. Mike hatte selten so große Angst auf dem Gesicht eines Menschen gesehen wie jetzt auf dem Trautmans. Ganz verständlich waren ihm seine und Singhs Reaktion allerdings nicht. Schließlich hatten die beiden mit eigenen Augen gesehen, dass die Haifischmänner ihnen nichts zu Leide taten, sondern ihnen ganz im Gegenteil halfen, wenn sie in Gefahr waren.

»Sie werden uns nichts tun!«, sagte Mike noch einmal. Selbst in seinen eigenen Ohren klangen die Worte nicht überzeugend, sondern eher beschwörend. Was, wenn er sich irrte? Als sie die Armee der grauen Wächter das erste Mal passiert hatten, da waren an Bord der NAUTILUS drei Lemurer und sieben Menschen gewesen. Damals hatten die künstlich erschaffenen Geschöpfe darauf verzichtet, das Schiff anzugreifen. Jetzt befanden sich sieben Menschen und mehr als *zweihundert* Lemurer an Bord des Schiffes. Vielleicht waren es einfach zu viele. Trautmans Fluchtplan basierte auf der Annahme, dass die Anwesenheit unbeteiligter Menschen an Bord der NAUTILUS die Wächter von einem Angriff abhalten würde. Wenn er sich geirrt hatte, dann würden sie diesen Irrtum alle mit dem Leben bezahlen.

Astaroth stieß ein hohes, fast klägliches Wimmern aus – und dann tat er etwas vollkommen Verrücktes:

Er sprang mit einem einzigen Satz von Serenas Schoß hinunter und raste auf den Haifischmenschen zu, als wollte er ihn attackieren. Im allerletzten Moment wich er zur Seite, wirbelte herum und rannte zu Serena zurück. Der Wächter starrte ihm aus seinen unheimlichen Fischaugen nach, drehte sich mit einer schwerfällig wirkenden Bewegung ganz herum und tapste auf Serena zu.

»Was ... was tut er?«, stammelte Singh. *»Mike!«*

Mike reagierte ohne zu denken. Seine Logik sagte ihm zwar, dass das Geschöpf keine Gefahr für Serena darstellte, aber was er sah, schien das genaue Gegenteil zu bedeuten: Serena saß noch immer mit leeren Blicken da, Astaroth gebärdete sich wie wild, machte einen Buckel, spuckte und fauchte und das mehr als zwei Meter große Ungeheuer bewegte sich unaufhaltsam auf sie zu; eine Kreatur, deren bloßer Anblick uralte, angeborene Ängste in ihm wachrief, gegen die er einfach hilflos war. Mit einem gellenden Schrei stürzte er sich auf den Haifischmann.

Der Wächter machte eine fast nachlässige Bewegung mit der linken, krallenbewehrten Hand und Mike wurde hilflos durch den Raum geschleudert und prallte so hart gegen die Wand, dass er für einen Moment nur noch bunte Sterne sah.

Als sich sein Blick wieder klärte, hatte der Wächter Serena erreicht und beugte sich über sie. Mikes Herz stockte vor Entsetzen, als er gewahrte, wie das Geschöpf die Hände ausstreckte. Seine Pranken waren so gewaltig, dass Serenas Kopf vollkommen darin zu verschwinden schien. Mike sah, wie Serena sich aufbäumte, und der Anblick ließ ihn Schmerz, Übelkeit und seine eigene Furcht vergessen. Blitzschnell sprang er auf die Füße, rannte auf den Wächter zu und schrie Singhs Namen. *»Singh! Er bringt sie um!«*

Singh rührte sich nicht und Mike stieß sich mit aller Kraft ab und sprang den Haifischmann an. Obwohl der Koloss mindestens dreimal so viel wog wie er und fast anderthalb Mal so groß war, brachte sein ungestümer Anprall das Geschöpf aus dem Gleichgewicht. Es taumelte, ließ von Serena ab und drehte sich mit einer Bewegung herum, die schwerfällig und träge wirkte, aber so kraftvoll war, dass Mike zum zweiten Mal quer durch den Salon geschleudert wurde.

Als er sich diesmal wieder hochrappelte, stand der Wächter über ihm. Seine kalten Fischaugen starrten auf ihn herab und Mike hatte das Gefühl, als blickten diese kalten Augen direkt in seine Seele.

»Singh!«, keuchte Mike.

Singh machte tatsächlich einen halben Schritt in seine Richtung, blieb dann aber wieder stehen. Seine Hände zitterten und in seinen Augen flackerte die nackte Panik.

Der Wächter starrte Mike noch eine weitere Sekunde lang an, dann drehte er sich schwerfällig herum und tat ein paar Schritte zur Seite. Mike stemmte sich mühsam auf Hände und Knie hoch, biss die Zähne zusammen und versuchte aufzustehen. Der Schmerz trieb ihm die Tränen in die Augen, aber wenigstens schien sein Bein nicht gebrochen zu sein. Stöhnend humpelte er auf Serena zu und beugte sich über sie.

»Serena! Was ist mit dir?«, fragte Mike. »Was hat er dir angetan?!«

Serena hob langsam den Kopf. Ein Ausdruck vollkommener Hilflosigkeit lag auf ihrem Gesicht. Ihr Blick flackerte. Umständlich setzte sie sich ganz auf, ließ ihren Blick einmal durch den Salon schweifen und sah dann wieder Mike an.

»Mike?«, murmelte sie. »Was ... ist passiert?«

Es dauerte noch eine geschlagene Sekunde, bis Mike überhaupt begriff, was diese Frage bedeutete. Serena hatte seinen Namen ausgesprochen. Sie *erinnerte* sich!

Mike wandte ungläubig den Blick und sah, wie sich der Wächter nun auf Juan zubewegte und die Hände nach ihm ausstreckte, um ihn auf dieselbe Weise zu berühren wie Serena. Juan wich weder vor ihm zurück noch zeigte er das geringste Anzeichen von Furcht. Er wusste, dass ihm das Geschöpf nichts zu Leide tun würde.

Ganz im Gegenteil...

Mike wandte sich wieder zu Serena um. Sie wirkte noch immer verstört und bis ins Mark erschrocken. Aber die furchtbare Leere war aus ihren Augen verschwunden. Der Wächter hatte den Bann gebrochen, den Argos' Magie über sie geworfen hatte. Ihre Erinnerungen und ihr freier Wille waren wieder da!

Mike fuhr herum. Juan war zu Boden gesunken und blickte ebenso verwirrt in die Runde. Auch seine Erinnerung war wieder da!

Nacheinander ging der Wächter nun auch zu Chris und Ben und berührte sie auf dieselbe Weise. Dann wandte er sich um und sah Singh an.

Der Inder keuchte vor Schrecken und prallte zurück. Auf seinem Gesicht erschien ein Ausdruck nackter Panik.

»Keine Angst!«, sagte Mike. »Er tut dir nichts, Singh!«

»Das ist nicht Singh«, sagte Serena leise.

Mike erstarrte. Singh wich weiter vor dem Wächter zurück, bis er gegen das Pult stieß, hinter dem Trautman stand. Der Wächter machte noch einen Schritt in seine Richtung und blieb stehen. Seine riesigen Hände öffneten und schlossen sich, als wollte er etwas packen und zerquetschen.

»Was ... hast du gesagt?«, murmelte Mike.

»Das ist nicht Singh«, sagte Serena noch einmal. »Singh war mit mir zusammen in Argos' Kerker. Die ganze Zeit. Ebenso wie Trautman.«

Mike war wie vor den Kopf geschlagen. Ungläubig sah er Singh an, dann Trautman und dann wieder Singh.

Und dann geschah etwas durch und durch Unheimliches: Zuerst Singhs, dann Trautmans und schließlich auch Sarns Gesichter begannen zu verschwimmen. Ihre Züge lösten sich auf wie Spiegelungen auf klarem Wasser, in das jemand einen Stein geworfen hatte. Als sie sich wieder neu bildeten, hatten sie sich total verändert. Vor Mike standen nun nicht mehr Singh, Trautman und der abtrünnige Krieger, sondern Argos, Vargan und Tarras, die drei Lemurer, die die NAUTILUS seinerzeit gekapert und hierher gebracht hatten.

Waaaaas?!!, kreischte Astaroths Stimme in seinen Gedanken. *Aber das ist doch unmöglich! Wie konnte er –*

»Dich so täuschen?«, fiel ihm Mike laut ins Wort. »Mach dir keine Vorwürfe, Astaroth. Er hat uns alle getäuscht, nicht nur dich.«

»Das war leicht«, sagte Argos abfällig. »Ihr seid dumm. Ihr seht nur das, was ihr zu sehen erwartet.«

Und plötzlich wurde Mike alles klar; so klar, dass er sich fragte, wie um alles in der Welt er auch nur eine Sekunde darauf hatte hereinfallen können. Singhs sonderbares Verhalten, das so gar nicht zu dem Singh passte, den er gekannt hatte. Die überraschende Leichtigkeit, mit der es ihnen gelungen war, sich quer durch die Stadt und an Bord der NAUTILUS zu schleichen. Die Mühelosigkeit, mit der es Sarns angeblichen Rebellen gelungen war, die Krieger an Bord des Schiffes zu überwältigen. Und noch mehr ...

»Wozu das alles, Argos?«, fragte er leise mit bebender Stimme. »Die ... die Männer im Bergwerk. Die Krieger in der Stadt und ... und die Leute an Bord der Jagdschiffe! Du ... du hast deine eigenen Leute umgebracht! Warum?«

»Sie waren nichts wert«, sagte Argos abfällig. »Werkzeuge, die ihren Dienst getan haben. Ich musste es doch glaubhaft gestalten.«

»Das ist dir gelungen«, sagte Mike bitter. »Und ich bin darauf hereingefallen, ich verdammter Narr!«

»Mach dir keine Vorwürfe«, sagte Serena. »Er kann jeden täuschen. Er ist der Meister der Lüge.«

»Aber warum?«, fragte Mike. »Wozu diese Farce, Argos?«

»Weil Lemura untergeht«, antwortete Argos. »Und sie uns niemals gehen lassen würden.«

»Aber ihr wart doch schon draußen!«, begehrte Mike auf. »Ihr wart frei! Warum musstet ihr zurückkommen?!«

»Um ihre Freunde zu holen.« Serena trat mit einem Schritt

neben ihn und deutete anklagend auf Argos. »Und weil es ihnen nicht reicht, einfach nur frei zu sein! Der Quell ihrer magischen Macht liegt hier unten in Lemura. Ohne sie wären sie ganz normale Menschen und das reicht ihnen nicht.«

»Die Blätter aus dem Kristallwald«, vermutete Mike. Deshalb also hatte Astaroth jedes Mal vollständig die Kontrolle verloren, wenn er in die Nähe der sonderbaren Gewächse gekommen war.

»Sie verstärken unsere Kraft«, bestätigte Argos hämisch. »Die Laderäume des Schiffes sind gefüllt damit. Mach dir also keine Sorgen – der Vorrat wird ausreichen, bis wir genügend neue Bäume in eurer Welt angepflanzt haben. Und danach werden wir die Macht in eurer lächerlichen Welt übernehmen.«

»Niemals«, sagte Serena. »Das werden sie nie zulassen!«

Sie deutete auf die drei grauen Kolosse an der Tür, aber Argos lachte nur. Wie hingezaubert erschien plötzlich in seinen und in den Händen der beiden anderen Lemurer die unheimlichen Waffen, mit denen Sarn vorhin einen der Krieger niedergeschossen hatte.

»Glaubst du wirklich, wir hätten *Angst* vor ihnen?«, fragte Argos höhnisch.

»Schieß und die anderen werden uns alle töten«, sagte Serena. »Sie können die NAUTILUS vernichten.«

»Nicht, solange du an Bord bist, Prinzesschen«, lächelte Argos.

Der Haifischmann trat einen Schritt auf ihn zu. Argos hob seine Waffe drohend höher, aber das Geschöpf zeigte sich nicht beeindruckt davon, sondern ging langsam weiter auf ihn zu.

Argos ergriff die Waffe mit beiden Händen und zielte sorgfältig und Serena sagte hastig: »Bleib stehen!«

Der Wächter erstarrte mitten im Schritt und Argos machte ein verblüfftes Gesicht. »Sie ... sie gehorchen dir?«, wunderte er sich.

»Natürlich«, antwortete Serena. »Mein Vater hat sie erschaffen. Glaubst du, sie würden mir etwas tun?«

Argos überlegte einen Moment lang angestrengt, doch dann breitete sich ein hässliches Grinsen auf seinem Gesicht aus. »Na dann besteht ja wohl auch keine Gefahr, dass die Bande da draußen uns angreift, wie?«

»Aber sie werden euch auch nicht gehen lassen«, sagte Mike. Er deutete zum Fenster. Die Armee der Riesenhaie war noch weiter angewachsen. Nicht einmal die NAUTILUS würden einem Angriff der grauen Kolosse länger als eine Sekunde standhalten.

»Da haben wir ein Problem, wie?« Argos grinste unerschütterlich weiter, drehte sich halb herum und zielte plötzlich auf Serena. »Es sieht so aus, als müsste ich dich bedrohen. Oder deine Freunde.«

»Schieß und wir sterben alle«, antwortete Serena. So wie sie die Worte aussprach, klangen sie bitter ernst. Argos sah sie lange und durchdringend an und dabei erlosch das überhebliche Grinsen auf seinen Zügen. Sein Blick flackerte unstet und die Waffe in seiner Hand begann sacht zu zittern, deutete aber weiter auf Serena. Auch er schien zu begreifen, dass Serena nicht bluffte.

»Gib auf«, sagte Mike. »Sie werden uns nie gehen lassen.«

»Aber sie greifen auch nicht an«, sagte Tarras. »Erschieß einen der Burschen und wir werden sehen, was geschieht.«

Argos schwieg, aber Mike konnte regelrecht sehen, wie es hinter seiner Stirn arbeitete.

»Gib auf«, sagte Mike noch einmal. »Und wenn du uns alle tötest – es wird dich nicht retten.«

»Du bluffst«, sagte Argos. Aber seine Stimme klang schon nicht mehr ganz so sicher wie bisher. »Du würdest dein Leben und das deiner Freunde wegwerfen, nur um uns hier festzuhalten? Ich glaube dir nicht.«

Er schwenkte seine Waffe herum und zielte auf Chris, und Serena tauschte einen blitzschnellen Blick mit dem Wächter. In derselben Sekunde schloss sich der Belagerungsring aus Riesenhaien dichter um die NAUTILUS.

Argos senkte seine Waffe wieder.

»Es ist vorbei, Argos«, sagte Serena. »Ich habe ihnen befohlen, euch hier nicht wegzulassen. Ganz egal, was passiert.«

»Und was hast du jetzt vor?«, fragte Argos nervös. »Sollen wir hier bleiben, bis uns der Sauerstoff und die Lebensmittel ausgehen?«

»Wenn es sein muss, ja«, antwortete Mike hart. Er tauschte einen fragenden Blick mit Ben und den anderen. Alle drei wirkten nervös und voller Furcht, aber auch auf dieselbe Weise entschlossen wie er.

»Wollt ihr sterben, ihr Narren?«, fragte Argos.

»Nein«, antwortete Mike. »Aber wir werden nicht zulassen, dass ihr in unsere Welt gelangt. Wir haben gesehen, was ihr aus Lemura gemacht habt. Eher opfern wir unser Leben, bevor wir zulassen, dass du und deine *Freunde* über unsere Welt herfallen!«

Er war selbst nicht einmal sicher, ob er wirklich den Mut haben würde, seine Worte in die Tat umzusetzen. Oder ob Serena so weit gehen würde, sich und sie alle zu opfern.

Du kannst dich darauf verlassen, dass sie es tut, erklang Astaroths Stimme. *Sie hat keine Wahl und das weiß sie. Eure Welt hätte keine Chance gegen Argos und seine Magie. All eure Waffen und Technik würden euch nichts nutzen!*

»Ihr seid ja wahnsinnig«, murmelte Argos.

»Dann befinden wir uns ja in guter Gesellschaft«, sagte Ben.

Argos funkelte ihn an, sagte aber nichts und senkte nach einem weiteren Moment sogar seine Waffe, wenn auch nicht ganz. »Und wo sollen wir hin?«, fragte er. »Seid doch nicht dumm! Wir können nicht zurück! Lemura wird untergehen!«

»Ihr bleibt hier«, sagte Serena noch einmal. Wieder sah sie den Wächter an und nur einen Moment später begann sich die Armee der Riesenhaie draußen zu bewegen; langsam, aber auch unaufhaltsam.

»Was tust du?«, keuchte Argos.

»Sie werden angreifen«, sagte Serena. »Ihr könnt die NAUTILUS wenden und nach Lemura zurückfahren oder wir sterben alle.«

»Dann sterben wir eben«, sagte Argos hart. »Wohin sollen wir gehen? Ihr habt die NAUTILUS. Ihr könnt eure Freunde nehmen und nach Hause fahren, aber für uns gibt es kein Zuhause mehr. Lemura stirbt. Vielleicht schon in ein paar Tagen. Warum aber sollten wir euch gehen lassen?«

Mike warf einen Blick aus dem Fenster. Die Armee der Riesenhaie kam unerbittlich näher, wie eine graue, geschuppte Wand aus Fleisch und Knochen, die die NAUTILUS einfach zermalmen würde. Dahinter, fast nur noch schemenhaft, war die gigantische Unterwasserkuppel zu erkennen. Er konnte sich täuschen, aber es kam ihm so vor, als hätte sich ihre Form verändert, wäre nicht mehr so eben und perfekt. Hier und da war das zehntausend Jahre alte Material geborsten und ein unaufhörlicher Strom von Luftblasen sprudelte aus den Rissen und begann seinen langen Weg zur Meeresoberfläche. Argos hatte Recht: Lemura starb vor ihren Augen.

»Niemand kann die Menschen dort noch retten«, sagte Argos. »Es hilft ihnen nichts, wenn wir zurückkehren und mit ihnen sterben.«

Mikes Gedanken überschlugen sich. Da war irgendetwas. Etwas von großer Wichtigkeit, das er vergessen hatte und das ...

Dann erinnerte er sich.

»Wie lange könntet ihr die Kuppel noch aufrecht halten?«, fragte er. »Du und deine Freunde – wenn ihr all eure magische Kraft zusammennehmt: Wie lange würde Lemura noch existieren?«

»Einen Tag«, antwortete Argos verächtlich. »Vielleicht zwei. Aber gib dir keine Mühe. Wenn du unbedingt zusammen mit uns sterben willst, dann hier und jetzt.«

»Niemand muss sterben«, antwortete Mike. »Es gibt noch einen Ausweg. Hört zu!«

Der Stein schlug unmittelbar neben Mike auf den Boden und zerplatzte in mehrere Teile. Er war nicht besonders groß, aber Mike fuhr trotzdem erschrocken zusammen und warf einen besorgten Blick zur Höhlendecke hinauf. Während der letzten vierundzwanzig Stunden hatte der Boden fast ununterbrochen gezittert und der Steinregen hatte einfach kein Ende nehmen wollen. Und er würde auch nicht mehr aufhören. Argos und die anderen Magier hatten all ihre Kräfte vereint, um die Unterseekuppel noch einmal zu stabilisieren, aber nicht einmal sie vermochten Wunder zu bewirken. Trautman hatte prophezeit, dass die Kuppel dem Wasserdruck vielleicht noch einen halben Tag widerstehen konnte, und Mike hielt diese Schätzung mittlerweile für eher zu optimistisch. Mike ließ seinen Blick noch einmal über die Decke gleiten, um sich davon zu überzeugen, dass sich nicht direkt über ihm unversehens ein Felsbrocken lösen würde, der ihn im letzten Moment noch erschlug, dann ging er ein paar Schritte weit, bis er das Ufer des kleinen Sees erreichte, an dem Ben auf ihn wartete.

»Bist du so weit?«, fragte er. »Wir müssen los. Ich habe keine Lust, im letzten Moment noch einen Stein auf den Kopf zu bekommen.«

Ganz so dramatisch war die Situation noch nicht. Argos' Männer hatten sowohl den Gang, der hier herunterführte, als auch die Höhlendecke mit schweren Balken abgestützt, um der Gefahr eines plötzlichen Einsturzes vorzubeugen. Aber sie würden eine gute Stunde brauchen, um die NAUTILUS zu erreichen – und sie hatten unterwegs noch etwas vor.

Ben reagierte erst nach wenigen Augenblicken auf Mikes

Worte. Er nickte, drehte sich langsam herum und warf dann noch einmal einen Blick auf den See, in den er und die anderen so oft hinabgetaucht waren, um unter Lebensgefahr die Erzknollen von seinem Grund zu holen.

Auch jetzt war das türkisfarbene Wasser nicht still. Ein fingerdickes, geflochtenes Tau war um einen eisernen Pfahl am Seeufer geschlungen und führte straff gespannt ins Wasser hinab. Eine nicht enden wollende Kette von Männern, Frauen und Kindern tastete sich an diesem Seil entlang und verschwand ohne zu zögern im Wasser. Auf den Gesichtern der Menschen war keine Spur von Furcht oder auch nur Unsicherheit zu erkennen. Die allermeisten von ihnen wussten nicht wirklich, wohin sie gingen oder was sie erwartete. Sie standen noch immer unter Argos' geistigem Einfluss und im Moment war das vielleicht gut so. Wahrscheinlich, dachte Mike, ist es die einzige Möglichkeit, mehr als zwanzigtausend Menschen innerhalb von weniger als zwei Tagen zu evakuieren. Hätten all diese Leute gewusst, dass sie ihr gesamtes Hab und Gut zurücklassen mussten und die Welt, in der sie geboren und aufgewachsen waren, nie mehr wieder sehen würden, wäre es wahrscheinlich zu einer Panik gekommen, die hunderte von Opfern gefordert hätte.

In dem Wasser vor ihnen bewegte sich ein Schatten und dann tauchte Astaroth aus der Tiefe des Sees auf, sprang mit einem Satz an Land und schüttelte sich das Wasser aus dem Fell.

»Nett, dass du auch schon kommst«, sagte Mike spöttisch. »Wir wollten gerade ohne dich aufbrechen.«

Reizend, dass ihr gewartet habt, antwortete Astaroth auf seine lautlose Art. *Vor allem, wenn man bedenkt, dass ich die ganze Arbeit für euch mache.*

Das entsprach nicht unbedingt der Wahrheit, aber Mike war es seit Jahren gewohnt, dass Astaroth zum hemmungslosen Übertreiben neigte. »Ist auf der anderen Seite alles in Ordnung?«, fragte er.

Sie sind alle ziemlich durcheinander, antwortete Astaroth. *Argos' Magie verliert dort schnell ihre Wirkung. Ich möchte nicht in seiner Haut stecken, wenn sie nach und nach wirklich zu sich kommen.*

Wie auf sein Stichwort erschien Argos hinter ihnen. Der zukünftige Ex-König der Lemurer musterte Mike, Ben und den Kater finster, verbiss sich aber jede Bemerkung und sagte nur: »Es wird Zeit für euch. Wir werden nicht mehr lange in der Lage sein, die Kuppel zu stabilisieren.«

Er hat es ziemlich eilig, uns loszuwerden, wie?, spöttelte Astaroth. *Könnte es vielleicht sein, dass er noch etwas vorhat, von dem wir nichts wissen sollten?*

Damit hat er nur zu Recht, dachte Mike. Aber er hatte zugleich alle Mühe, ein schadenfrohes Grinsen zu unterdrücken. »Kommt ihr gut voran?«, fragte er, ohne auf Argos' Worte einzugehen.

»Es sind fast alle drüben«, antwortete Argos finster. »Ich hoffe, die Zeit reicht noch, um genug Werkzeuge und Waffen in die Höhle zu schaffen.«

»Ihr werdet keine Waffen brauchen«, antwortete Mike. »Das Verbotene Land ist groß genug für euch alle. Viel größer als Lemura. Und es gibt keine gefährlichen Tiere dort.«

»Aber Eingeborene«, antwortete Argos.

»Es sind keine Wilden«, sagte Ben. »Wir haben sie ein paar Mal getroffen, als wir drüben waren. Sie sind nur vorsichtig. Es sind Menschen wie ihr, Argos. Die Nachfahren derer, die angeblich von den *Wächtern* in die Tiefe gezogen und ertränkt worden sind. Sie waren niemals eure Feinde, hast du das immer noch nicht begriffen?«

Argos sagte nichts dazu, aber sein Blick machte klar, dass ihn Bens Worte nicht wirklich interessierten. Astaroth war immer noch nicht in der Lage, Argos' Gedanken zu lesen, aber das war auch gar nicht notwendig. Mike konnte sich ziemlich konkret vorstellen, was Argos und die anderen vorhatten.

Sie würden eine ziemlich unangenehme Überraschung erleben.

»Du hast Recht«, sagte er. »Es wird Zeit. Wir müssen gehen. Ich wünsche dir und deinen Leuten viel Glück in eurer neuen Heimat, Argos. Auch wenn wir uns wahrscheinlich nie wieder sehen werden.«

»Da wäre ich nicht so sicher«, antwortete Argos. In seinen Worten war etwas eindeutig Drohendes und vermutlich waren sie auch ganz genau so gemeint. Mike hielt seinem Blick noch eine Sekunde lang stand, dann zuckte er mit den Schultern und wandte sich ohne ein weiteres Wort zum Gehen. Astaroth und Ben schlossen sich ihm ebenso schweigend an.

Eine halbe Stunde später erreichten sie den Ausgang der Eisenminen. Sie waren vollkommen allein. Alle Bewohner Lemuras, die sich noch nicht in die riesigen unterirdischen Höhlen geflüchtet hatten, die ihre neue Heimat werden würden, waren bereits unten am Ufer der kleinen Seen, die die einzige Verbindung zwischen Lemura und dem Verbotenen Land darstellten. Sobald die letzten Lemurer die Mine verlassen hatten, würden große Sprengladungen die Durchgänge verschließen und dann gab es kein Zurück mehr.

In den letzten vierundzwanzig Stunden hatte sich Lemura auf schreckliche Art verändert. In der riesigen Kuppel gähnten nun dutzende von Rissen, durch die das Wasser immer schneller hereinströmte. Die untere Ebene der Stadt hatte sich längst in einen einzigen riesigen See verwandelt, und was nicht dem Wasser zum Opfer gefallen war, das hatten die immer heftiger werdenden Erdbeben zerstört. Selbst wenn die Kuppel nicht zusammenbrechen würde, so war Lemura schon jetzt unbewohnbar geworden. Plötzlich erschien es ihm angeraten, sich wirklich zu beeilen, um die Stadt und die dort wartende NAUTILUS zu erreichen. Selbst wenn sie sich beeilten, würden sie zwei Stunden brauchen um zum Hafen zu kommen.

Trotzdem unterbrachen sie ihren Marsch auf halbem Wege noch einmal, um sich mit Singh und Juan zu treffen, die in Argos' Kristallwald auf sie warteten. Sie hatten eine Anzahl großer Kisten und Kartons in dem kleinen Hain verteilt und diese mit einem Gewirr aus Kabeln und Zündschnüren verbunden.

»Seid ihr fertig?«, fragte Mike.

»Gerade eben«, antwortete Singh. »Und jetzt nichts wie weg!«

Sie stürmten weiter, bis sie eine Entfernung von gut fünf- oder sechshundert Metern zwischen sich und den Kristallwald gebracht hatten. Singh, der eine kleine Rolle in der Hand hielt und die Zündschnur davon abwickelte, deutete auf ein Gewirr mächtiger Felsbrocken, zwischen dem sie rasch Deckung suchten. Singh duckte sich als Letzter hinter einen Stein, steckte das Ende der Zündschnur in Brand und atmete dann hörbar auf.

Während sie der Funken sprühenden Flamme zusahen, die sich rasch auf den Kristallwald zubewegte, fragte Mike: »Ist auf der NAUTILUS alles vorbereitet?«

»Wir haben sämtliche Blätter und Samen hinausgebracht, die sie an Bord geschafft haben«, antwortete Juan. »Und auch die, die wir noch in der Lagerhalle gefunden haben.«

»Dann wird es in der neuen Heimat der Lemurer keinen Kristallwald mehr geben«, sagte Mike zufrieden.

»Und keine Magier, die anderen ihren Willen aufzwingen«, fügte Ben hinzu. »Schade, dass ich sein Gesicht nicht sehen kann, wenn er in einer Stunde hierher kommt, um Samen für seine verdammten Kristallbäume zu holen.«

Er lachte und der Laut ging nahtlos in das gewaltige Donnern über, mit dem die Sprengladungen explodierten, die Singh und Juan im Verlauf der letzten beiden Stunden im Kristallwald gelegt hatten. Mike zog hastig den Kopf ein und wartete mit angehaltenem Atem ab, bis der Boden aufhörte zu zittern und keine Trümmer mehr auf sie herabregneten. Dann hob er vorsichtig den Kopf über den Rand ihrer Deckung.

Wo der Kristallwald gewesen war, gähnte nur noch ein gewaltiger Krater, der sich bereits mit Wasser zu füllen begann. Und mit dem Kristallwald war auch zugleich die Quelle von Argos' magischer Macht verschwunden. Das neue Lemura würde anders aussehen und Mike war ziemlich sicher: besser.

»Also los«, sagte er. »Gehen wir. Ich möchte endlich wieder einmal die Sonne sehen.«

OPERATION

Nautilus